臨床法医学者・真壁天
秘密基地の首吊り死体

高野結史

宝島社
文庫

宝島社

臨床法医学者・真壁天　秘密基地の首吊り死体

序章

　——行くな、引き返せ。


「テン！　急げよ！」

　前を歩いているハルがこちらを振り返って急《せ》かす。

　獣道のように細い茂みの道。

「お兄ちゃん、また先生に怒られるよ！」

　マユがランドセルを引っ張った。

「ちょっとだけだから大丈夫だって」と、その手を払う。

　登下校の途中で秘密基地に寄るのは日課だった。

　秘密基地といっても木々に板を打ち付けただけで『基地』どころか小屋とすら呼べない。『秘密』の点も怪しい。あまり人が立ち入らない林の中に作ってあるだけだ。

　それでも同級生のハルと一緒に作ったこの秘密基地は特別な場所だった。

　学校の先生には寄り道をするなと何度も叱られているが、基地通いをやめるつもりはなかった。

両脇の茂みは小学生の背丈より高く、いつ熊が飛び出して来てもおかしくない雰囲気だ。茂みの細道が直角に折れた。ここを曲がれば、基地が見える。

ハルが急に立ち止まった。

「なした？」

尋ねてもハルが答えないので、肩越しに覗《のぞ》く。基地の柱代わりにしてある木。その枝から見慣れないモノがぶら下がっている。ロープだった。下端が輪っか状になっている。

首吊《くびつ》り。咄嗟《とっさ》にそう察した。

変化としては些細《ささい》なものだ。ただ枝にロープが結ばれているだけ。しかし、それだけで、いつもの基地が禍々《まがまが》しい違和感に包まれていた。

草の擦《こす》れる音。

「お兄ちゃん……」

妹がしがみついてきたので、肩を撫《な》でて落ち着かせようとした。が、自分の脚も震えていることに気づく。

音は徐々に遠ざかっていった。人間なのか動物なのかわからない。

ハルがこちらを見て、真《ま》っ青《さお》な顔でつぶやいた。

「今の……首吊り婆《ばばあ》か？」

——まだやり直せる。今ならまだ。

六年二組の教室はお祭り状態だった。俺たちが首吊り婆の痕跡を発見したからだ。

首吊り婆の噂《うわさ》は少し前から学校中に広まっていた。子供をさらい、首を吊って殺す老婆。口裂け女や人面犬と同じような怪談話だと馬鹿にして取り合っていなかったが、実際に首吊りのロープを見ると、恐怖を感じずにはいられない。

「たぶん、俺たちが来たから逃げたんだぜ」

ハルは嬉々《きき》としてクラスメイトに説明している。

——ダメだ。このままじゃ。

放課後になり、また一人教室に残っている。

——もう嫌だ。あの道を通りたくない。

しかし、足は林道に向かう。秘密基地に向かう。首吊り婆はまだ見つかっていない。恐怖に押し潰されそうだ。それでも胸騒ぎに急かされるように基地へと急ぐ。

——ハル、なぜ、あそこに行ったんだ？　なぜ、俺を待たなかった？

秘密基地に着く。またあれを見ることになる。木の枝に残されたロープ。そこにハルの死体がぶら下がっていた。

第一章

1

目を覚ますと同時に吐き気がこみ上げた。全身が汗で気持ち悪い。

突っ伏していた机から身を起こし、薄暗い法医学教室を出た。

あの日の夢——十六年経っても頻繁に見る悪夢。むしろ最近は頻度が増している気さえする。悪夢を見た日はしばらく体調が悪く、嘔吐《おうと》することも珍しくない。

「くそ……忙しいときに」

トイレの洗面台で顔を洗いながら自分を呪った。ただでさえ疲労が溜《た》まっているのに、自ら余計な負荷をかけてしまった。

トイレからガラス張りの廊下に出ると、清掃員が窓を拭いていた。

「あれ？　真壁《まかべ》先生、またお泊まりですか」

と、笑う清掃員を会釈でやり過ごす。

外はもう明るくなっていた。大学で一夜を明かすのもすっかり慣れた。教室で論文を書いているうちに寝落ちし、朝を迎える。安眠とは程遠いものの、早朝の誰もいない大学の静謐《せいひつ》さは好きだった。ガラスの向こうに見えるキャンパスは紅葉で色づいている。

自販機でコーヒーを買い、教室に戻った。入口に貼られたプレートには教授と助教二人の名前が書かれている。〈真壁天《てん》〉の名前は一番下だ。

函館《はこだて》医大法医学教室の助教となり二年目。今日は午前中に行政解剖が入っていた。殺人など事件性のある死体を扱う司法解剖と異なり、行政解剖で扱うのは事件性なしと判断された死体だ。

「おざーす」

大学院生の青山友則《あおやまとものり》が雑な挨拶で入ってきた。成績優秀とは言えないが、法医学教室を選ぶ院生は少ないので貴重な人材ということになる。

「あれ……真壁先生、また帰ってないんすか？　風呂入んないと死臭取れなくなりますよ」

助教と院生の関係だが、二歳しか離れていない俺に対する青山の態度はフランクだ。

「横居《よこい》先生は？」

机に広げた論文資料を片づけながら尋ねた。

「さあ。来る途中では見ませんでしたけど。たぶん昨日は白百合《しらゆり》大のバイトでしょうから朝まで飲んでたんじゃないですか」

同じ助教の横居がまた朝の解剖に遅れている。今期から他大学での講義を増やしたのが原因だろう。十歳程上の先輩格だが、尊敬できる相手ではなかった。

研究室の電話が鳴った。応対した青山が受話器の口をふさぎ、こちらを見る。

「解剖です」

「通せ。準備できている」

「え……横居先生は？」

「いつ来るかわからない人間を待っていられないだろ」

「でも……」

「急げ。今日は、もう一件入ってるんだ」

戸惑う青山を置いて解剖室へ続く準備室に入った。

「待たなくて大丈夫ですか」

青山の念押しを無視して解剖着に着替える。気分はまだ優れない。

解剖室に入ると、大理石の解剖台に女性の遺体が載せられていた。遺体の横に立ち、いつものように会釈する。

遅れて青山と立ち合いの警官が入室。

「カメラ」

指示を出すと、青山が遺体を写真に撮った。

顔が赤くなった遺体。警察の検案書によれば、在宅中に倒れ、そのまま死亡。発見者は夫。高血圧で薬を服用していたが死因不明のまま事件性なしと判断された。ところが、死亡した女性の両親から警察に解剖依頼があった。どうやら捜査の経緯を不審がっているらしい。こうした遺族の依頼による解剖は稀《まれ》にある。

写真を撮り終えた青山がメスなどの解剖道具を台の脇に寄せた。

「真壁先生、準備ができました」

改めて遺体に向き合う。首筋を見ると、赤くなっていた。

遺体に触れかけた手を止める。

「真壁先生？」

青山が顔を覗き込んだ。

「これ、警察医も事件性なしだと？」

そう言うと、解剖室が沈黙に包まれた。

ややあって警官が自分に向けられた質問だと気づく。

「……はい。何か問題が？」

「この遺体、触《さわ》れません」

「……どういうことでしょう?」

「これ、扼殺《やくさつ》ですよ」

「え?」警官は丸くした目を死体に向けた。「殺しですか?」

「顔のうっ血。首の筋肉に出血跡。間違いない。これ以上は続けられません」

遺体は病死ではなく、首を絞められて殺されていた。殺人の疑いがある遺体は行政解剖ではなく、司法解剖扱いになる。行うには、裁判所から鑑定処分許可状を出してもらわなければならない。

「すみません、警察医にも確認してもらったのですが……」

言い訳になっていない。警察医が検視官の要望どおりに検案書を書いていることは青山ですら知っている。警察が金のかかる司法解剖を避けたがることも。

「とにかく、許可状をもらってきてください」

警官は身を縮め、引き上げていった。

「ちょっと、かわいそうじゃないですか?」

青山が苦笑する。

「警察だって忙しいんだ。単刀直入に伝えたほうがいいだろう」

「そうですけど、もっと違う言い方が……」

同情するとしたら、それは警察にではない。

本来、解剖は『異常死体』と呼ばれる死因不明の死体に対して行われることになっている。しかし、実際は殺人事件を含めても異常死体の解剖率は一割のみ。警察の検視で、事件性なしと判断された死体ならなおさら。まず解剖されない。

今回も被害者の両親が声を挙げなければ事件は存在しないままだった。おそらく両親は他殺を疑っていたのだろう。しかし、警察は死因不明で片付けようとしたのだ。

「許可状は早くても午後だな」

話を打ち切り、準備室に戻ると、横居が飛び込んできた。

「おい！　どうして解剖を中止したんだ？」

「扼殺の痕跡があったので、司法解剖に変更してもらいます」

「なぜ、俺を待たない！」

憤る同僚に目もくれず、解剖着を脱ぐ。

「いつ来るか読めなかったので」

「……教授には報告するぞ」

横居は憮然《ぶぜん》として出ていった。

「やばくないですか？　横居先生、完全にキレてましたよ」

聞こえないふりをしていた青山が囁《ささや》いた。

「なんで、真壁先生と横居先生って仲悪いんですか？」

「余計なこと喋《しゃべ》ってる暇があるなら一行でも論文を書け」

「……クールにも程がありますよ。真壁先生って、泣いたり、笑ったりすることあるんですか？」

「記憶にはないな」

「子供の頃は？」

「警察から連絡があったら教えてくれ。構内のどこかにいる」

準備室を出た。失敗だったたか。横居に気を使う気などさらさらないが、教授の心証を悪くするのは大学職員として悪手だ。死体とならば何時間でも向き合っていられるのに、生きた人間と接するのはひどく疲れる。

裁判所の対応が遅れたのか、午後になっても許可状は下りず、司法解剖は翌日に持ち越された。

実習室に行くと、すでに学生たちが集まっていた。医学部のカリキュラムには法医学が必修として含まれている。その実習指導は法医学教室の助教が担当していた。今日は後期実習の一回目だ。

検査器具と格闘する学生たちの質問に答えながら、解説を加える。

「皮膚紋理検査。つまり指紋の検査は低コストであること、検査時間が短いことなどからDNA鑑定が主流になった現在でも有用です」

我ながら機械的な説明だと思うが仕方ない。教育や指導は最も苦手とする領域だ。

「金属、ガラス、プラスチックに付着した指紋は三ヶ月程度で消えてしまう。一方で、数十年間残留するものもあります。わかる人？」

利発そうな女学生が手を挙げた。

「紙です」

「そう。しかし、直射日光に当たったものは一年から二年で消えます」

続いて、唾液を使ってのABO式血液型検査に移る。

「抗原抗体反応についてては大丈夫ですね」

学生たちが唾液サンプルの検査を始めたのを確認し、論文の資料を開いた。助教の契約期間は残り二年。その間に論文を複数発表し、研究成果をアピールしなければならない。無期契約の講師に格上げされるか、最低でも助教として契約を更新してもらえなければ無職となる。しかし、法医学教室では毎日解剖に追われる上、学生の指導もしなければならず、論文を進める時間がほとんど取れない。結果、睡眠を削り続け、体を壊す。

「あのう、先生……終わりましたけど」

学生たちが困ったようにこちらを見ていた。資料に集中し、時間を忘れていた。

機械的な説明でまとめ、実習を終えると、数人の学生が近寄ってきた。

「真壁先生、新聞で特集されたんですよね！」

またか。

こちらの素っ気ない態度に学生たちは少し気後れした様子を見せた。

去年、助教に採用されてすぐに地方紙が法医学教室を取材した。その際、若き助教として俺がクローズアップされたのだ。煩わしい以外の何物でもなかったが、以来、新たな実習を受け持つ度に学生から好奇の眼を向けられ、大学構内でも記事を読んだ人から時折声をかけられる。

「僕も法医に進もうかなって思いました」

「昔から興味はあったんです。ドラマとかで見ていて」

「法医学って臨床より面白いですか？」

質問が矢継ぎ早に飛び出す。

資料を小脇に抱えて、学生たちを見回した。

「毎日死体の臭いを嗅ぎ続け、感染症のリスクもつきまとう。寝る暇がないほど忙しいのに収入は臨床医の半分以下。それでいて働き口もなく、大学に就職できなければ、医学部にかけた費用や時間が無駄になる。それでもいいと割り切れるなら面白いんじゃないか」

先輩の務めとして事実を答えたつもりだったが、学生たちはみるみる表情を曇らせた。それでも無責任なことを言うよりはいい。

法医は全国で百五十人しかおらず、現場は常に疲弊している。地域によっては、一人の法医学者が県をまたいで飛び回り、一日十体解剖することもある。北海道の法医解剖は札幌《さっぽろ》と旭川《あさひかわ》、そして函館の法医学教室が担当してきた。道南地域を受け持つ函館医大の法医は助教の俺と横居、そして、教授の宇佐美《うさみ》。わずか三人で年間三百体近くを解剖している。

法医学教室に戻ると、横居が学生向けのテキストを眺めていた。函館医大で使われているものではないので、『バイト』用だろう。教授や准教授に比べて収入が圧倒的に少ないため、他大学の仕事を掛け持ちする助教は多い。他所《よそ》の仕事を平気で広げる神経が気に障るが、横居のことを考える時間がもったいない。まだ目を通すべき資料は膨大に残っている。

「真壁先生、教授が呼んでましたよ」

青山に声をかけられ、「わかった」と返す。視界の隅で横居が薄笑いを浮かべた。内心で唾棄しながら廊下に出る。教授室は隣。そのドアをノックした。

「どうぞ」

低い声に招かれ、中に入る。教授はちょうど電話を切るところだった。

宇佐美正彦《まさひこ》。函館医大教授。今でこそ法医学教室には二人の助教がいるが、かつては宇佐美一人で道南地域の解剖を全て引き受けていた。

「横居先生から聞きましたよ。遅刻は良くないが、チームワークも大事です。まあ、仲良くやってください」

「はい」

思っていたよりお小言が軽い。横居のニヤついた顔に悪意はなかったのか、それとも空振りになっただけか。

拍子抜けしていると、宇佐美がソファを勧めてきた。

「ところで、改めて頼みたいことがあるんだよ」

嫌な予感がした。

ソファに座ると、宇佐美も対面のソファに移った。

「例の臨床法医の件、正式にお願いしたい」

やはり――。

回復しかけていた気分がどんよりする。

昨今、法医学教室では『臨床法医』と呼ばれる児童虐待の鑑定依頼が増えている。虐待は診断が難しい。児童の身体《からだ》に虐待の痕跡が見つかっても親は当然、虐待を否定するし、虐待を受けている児童も暴力や親と引き離される恐怖から虐待されていないと嘘《うそ》をつく。児相――児童相談所の職員が判断できないケースも多い。そこで、臨床法医が医学的見地から児童を診断し、虐待の有無を見極める。死体の専門家が生きている子供を鑑定するのだ。

「臨床法医は横居先生の担当では？」

「もちろん、横居先生にも引き続きやってもらう。だが、児相からの依頼が増えてきてね。一人では対応し切れなくなってきたんだよ」

「時間が取れません」

「これも、我が教室の存在意義を高めるためだ。協力してほしい。先生たちの手が回らなくなった解剖は私がやる。チームとしてお互い助け合っていこう」

『チーム』という言葉が同調圧力にしか感じられない。解剖に学生指導、そこに臨床法医まで加われば、論文など書いていられなくなる。

「児相からも真壁先生に期待する声があるんだよ。あの新聞記事が効いてるね」

思わず舌打ちをしそうになった。

新聞では、宇佐美教室が臨床法医に取り組み始めたことが取り上げられた。新米の俺が虐待鑑定を任されたのも今思えば、予算確保のため宇佐美が仕組んだ宣伝だった。二十代で助教となった、カッコ付きのエリート法医学者として客寄せパンダにされたのだ。

「ですが、もう子供の臨床は……虐待の鑑定は向いてないと痛感しました」

「虐待児童の対応に向き不向きはないでしょう。確かに、児相での出来事は災難だったと思うが、そうそうあることじゃない」

奥歯を噛《か》んだ。臨床法医の苦い経験はパンダ扱いされたことだけではない。今でも身の危険を感じている。だが、この教授には所詮《しょせん》、他人事なのだ。

最初の鑑定は単純だった。

ある男が一歳の息子を虐待していた。鑑定の取っ掛かりは児童の手の甲にできた傷だった。男は「子供が部屋のあちこちを弄《いじ》っていて勝手に怪我《けが》をした」と主張したが、即看破した。一歳児が手の甲で物を探索することはないからだ。

熱湯で火傷《やけど》した二歳児の鑑定も即解決に繋《つな》がった。当時、子供と二人きりだった父親は「目を離した隙に子供が風呂の蛇口をひねり、熱湯を浴びた」と証言。しかし、二歳児の手はまだ蛇口をひねることはできない。児相から話を聞いただけで父親の嘘がわかり、そこから火傷以外の虐待も次々と発覚した。

新聞記者は若手法医学者のお手柄として面白がり、宇佐美も喜んだ。しかし、望まぬ臨床法医デビューは災難の引き金でしかなかった。

記事が出て数日後、児童相談所に出向いた帰り。怒鳴りこんできた男とロビーで鉢合わせした。二歳児に熱湯をかけた男——岩田信二郎《いわたしんじろう》が児相の職員に難癖をつけている。逮捕された岩田が自由に出歩いていることにまず驚いた。一般的な傷害と同等に拘留されていると思っていた。岩田の場合、継続的な虐待が明らかになっている。火傷を負わせるなど行為も残虐だ。後から聞いた話では、それでも児相と警察は経過観察を選んだという。親権を盾にした虐待親に屈したのだ。

「どうしてくれんだ！　てめえらのせいで仕事クビになりそうだべや！」

岩田は反省していないどころか児相を逆恨みしていた。救いようのないクズ。それと目が合った。

岩田は血相を変えて詰め寄ってきた。

「おい、新聞で見たぞ！　てめえがチクったんだな！　なんだ、その目は！　汚ねえモン見るような目ぇしやがって！」

無視して立ち去ろうとすると、顔に激痛が走り、壁に叩《たた》きつけられた。

岩田が二発目を打ち込もうとし、職員が慌てて抑える。

頬骨の痛みが熱を帯びる。しばらく腫れそうだ。喚《わめ》き散らしている岩田を睨《にら》み、言った。

「すっきりしただろう。これでクビが確定だ」

岩田の顔が怒りと屈辱に歪《ゆが》んだ。

「てめえ、夜道気ぃ付けろよ！」

ずいぶん古風な捨《す》て台詞《ぜりふ》だと可笑《おか》しかったが、岩田は傷害でもすぐに釈放されたらしく、以来、夜に何者かの視線を感じるようになった。

一方で岩田の暴挙は朗報ももたらした。殴られたことで臨床法医の仕事から外れることができたのだ。

臨床には初めから興味がなかった。医学部入学から研修医、博士課程を通し、一貫して法医への道を最短ルートで走ってきた俺にとって、興味の対象は死体解剖に絞られていた。

「殴られたのは不運だったが、児相の皆さんは常にそんな圧迫を受けているんだよ」

宇佐美がソファに深く座り直した。

「それと僕が臨床法医に戻ることにどんな関係があるんですか？」

「何も虐待の鑑定だけやってくれと言っているんじゃない。解剖も今までどおりお願いする」

それが大変なんだ——。不満をオブラートに包む。

「ですが、人手が足りません。臨床法医は近くの医大に担当してもらったほうが」

「真壁先生」

宇佐美の声に力がこもり、二の句を止められる。

「これは法医学教室の仕事です。それに真壁先生にとってもチャンスだ」

「チャンス？　できれば解剖と論文に集中したいのですが」

「正直に言おう。先生がここに来た当初はかなり期待した。いや、今でもそれは変わらない。若いのに解剖の腕も所見もベテラン以上。よく勉強もしている。これまでの論文も素晴らしい。しかし、学生への指導に関しては評判が良くない。やる気が全く見えないと教授会で嫌味を言われたよ」

「知識を得るのに指導者の人格が関係あるんですか」

宇佐美は鼻で笑った。

「ふふ。相変わらず無表情だが、怒ってるのかな？　いやね、私は真壁先生を買っているんだよ。是非、長くこの大学にいて欲しい。もちろん、ステップアップもさせるつもりだ。その上で、臨床法医の仕事は大学へのアピールにもなるだろ？」

称賛に見せかけた恫喝《どうかつ》。大学にアピールしたいのは宇佐美自身だろう。法医のポストはもともと極端に少ない。さらに、近年は大学の研究職雇用そのものが狭まっている。契約をちらつかされるのは急所をなぶられるのに等しい。

こんな駆け引きをするために医師免許や法医認定を取ったわけじゃない。出かかった愚痴を飲み込んだ。

「わかりました。ですが、解剖は優先させてください」

「助かるよ。早速で悪いが、児相から一件来ている。五稜郭《ごりょうかく》病院だ」

「ですが、この後、解剖があります」

「大丈夫。そっちは何とかする」

呆《あき》れた。初めからこちらの意思を考慮するつもりはなかったと見える。

教室に戻り、デスクに白衣を脱ぎ捨てた。

「悪いね、真壁先生。手が回らなくて」

横居が笑いを押し殺している。復讐《ふくしゅう》のつもりなら最高に効果的だ。

不快な顔を一刻も早く視界から消したくて、無言で教室を出た。

2

函館医大は元町《もとまち》の坂を上がったところにある。普段は大学とアパートを行き来するのみで、かつ、アパートも大学のすぐそばに借りているため、行動範囲は坂の上でほぼ完結していた。

久しぶりに下りた街中は、札幌に比べれば寂れているが、それなりに騒々しい。

五稜郭までは路面電車で行く。最寄《もよ》りの電停から五稜郭まで十五分。病院に着く頃には体調もだいぶ回復していた。

受付で名前を告げると、外科病棟の安斎《あんざい》医師を訪ねるよう言われた。

「ずいぶん、お若いですね」医局で対面した安斎は戸惑うような顔をした。「もうすぐ児相の担当者が来ますので、詳細はそれから」

待っている間、五十代らしきこの外科医は水も出さなければ椅子を勧めることもしない。しかし、自身は椅子に座り、カルテを整理しながらベラベラとよく喋った。言葉の端々に横柄さが感じられたが、こうした扱いには慣れていた。若さに対してだけでなく、臨床医の中には法医自体を見下す者もいる。縫合一つとっても生きた患者を扱うほうが繊細で、死体解剖の縫合は大雑把。だから法医でキャリアを積んでも臨床医としてのつぶしはきかない。そうした声は医学界で多く、当たっている部分もあった。

「真壁先生ですね」

背後から呼ばれ、振り返ると、俺と同世代らしきスーツ姿の男が立っていた。

「お久しぶりです」

男は熱意の籠《こも》った目を向けてきたが、見覚えがない。無反応でいると、男は苦笑し、名刺を出した。

「……覚えていないですよね。児相の近堂秀一《こんどうしゅういち》です」

「近堂さん……ですか」

「以前、大学にご挨拶に伺ったことがあるのですが」

「人の顔を覚えるのが苦手で」

嘘は言っていない。研究室に訪れる外部の人間をほとんど覚えていなかった。ただし、覚えるのが苦手なのではなく、初めから覚える気がないのだが。

「安斎先生、ご説明お願いできますか」

近堂に促され、安斎はカルテを手に取った。

「児童の名前は黒須《くろす》英輔《えいすけ》。六歳。一昨日《おととい》、右腕の骨折で母親が連れてきました。階段から落ちたとのことですが、他にも軽傷ながら全身に度重なる骨折の跡があったので児相に通告した次第です」

「多発骨折ですか？」

確認すると、安斎は頷《うなず》いた。

「そう思われますね」

典型的な虐待シグナルだ。骨折を繰り返す児童は日常的に暴力を受けている可能性が高い。

近堂が付け加える。

「調べると、英輔くんは他の病院にも入院歴がありました。原因は睡眠薬の過剰摂取です」

六歳児に睡眠薬を大量に与えるなど命の危険すらある。

「そこまでわかっているなら、なぜ、鑑定に？」

「母親が虐待を強く否定しています」

「児童のほうは？」

「英輔くんは自分で転んだと言っています。睡眠薬もふざけて飲んでしまったと。それに……母親の様子を観察している限り、子供への愛情は申し分ないようにも思えます」

「ずっとベッドの横に付き添って面倒を見ていますよ。多発骨折だと知ったときは骨が弱いのかと大変心配していました」

今度は安斎が補足した。

「父親は？」

「ちょうど昨日から出張だそうです」

「検案《けんあん》できますか？」

近堂と安斎が怪訝《けげん》な顔をしたので言い間違いに気づいた。

「診察を」

黒須英輔は個室に入院していた。治療から入院生活に至るまで最高の環境を、と母親が要求したらしい。部屋の前まで来ると中から女性の声がした。

「大変。腫れてきちゃったわよ。気をつけないと。エイちゃんは骨が弱いかもしれないんだから」

安斎たちと共に病室に入る。英輔は右腕にギブスをつけ、ベッドに寝ていた。付き添っている母親の文乃《ふみの》が英輔の顔を濡《ぬ》れタオルで押さえている。

「先生。骨の検査はしてもらえるんでしょうか」

安斎を見た文乃は心配そうに尋ねた。

「ええ。その前に色々お母さんにお話を聞かせていただきたいんです」

検査を了承してみせたが、安斎も英輔の多発骨折が骨の脆《もろ》さによるものでないことを知っている。

「黒須さん、今日は函館医大の先生に来てもらいました。少しだけお話を聞かせてください」

近堂に紹介され、会釈する。

「はい……」

文乃と英輔は不安そうにこちらを見つめた。

多発骨折に睡眠薬。英輔が虐待を受けている状況証拠は揃《そろ》っている。しかし、虐待の可能性が高くても明確な証拠が無ければ、親権の壁を越えられない。

「お子さんの身体には人為的な衝撃が度重なった形跡があります。あなたは虐待を否定しているそうですが」

直球を投げると文乃は力なく俯《うつむ》いた。

「……ですから、この子に痛い思いをさせるなんて私にできるはずがありません。この子は命より大切なんです。でも、やっぱり疑われてしまうんでしょうか」

「真壁先生」安斎が小声で割って入ってきた。「物には言い方があるでしょう」

「では、聞き方を変えます。父親が虐待している可能性は?」

文乃は言い淀《よど》んだ。

「……主人もそんなことしていないと思います。この子は小さい頃から転びやすいので……」

「近堂さん」

安斎が近堂を睨んだ。この若造を止めろ、と目で訴えている。幸い、近堂は対応を決めかねているようだ。まだ聞かねばならないことがある。

「その子の顔、どうしたんですか?」

「ああ……さっきトイレに行く途中、顔から転んでしまって……気をつけるように言ってるんですけど」

英輔の両頬骨あたりが赤くなっている。文乃が濡れタオルをあてていたのは、冷やしていたのだろう。

「本当に転びやすい？」

尋問相手を英輔に変える。

「……うん」

英輔も母親同様、伏し目がちに答えた。

「少しいいですか？」

安斎が顎《あご》で廊下を指した。怒り心頭なのがありありとしている。

仕方なく、近堂と共に病室を出た。フロアの隅まで来ると、安斎は嫌悪感を露《あらわ》にした。

「法医学者というのは、いつもこんなに粗暴なんですか？　患者も親御さんも怯《おび》えているじゃないですか。これじゃあ、我々が慎重に進めてきた意味がまるでない」

「真壁先生、何かお考えがあるんですか」

近堂もこちらの様子を窺《うかが》う。

「……慎重か粗暴か、ですか。特に考えてませんが」

答えると、安斎は大袈裟《おおげさ》に溜息《ためいき》をつき、近堂を見た。

「近堂さん、どうしますか。児童本人も転びやすいと言っていますけど」

「そうですね。しかし、睡眠薬の件もあります。母親が夫を庇《かば》っているのかもしれません し」

「だが、ここでは調べようがない」

「父親が出張から帰ったら会ってみます」

「いつまでも入院させておけませんよ。退院後の保護は？」

「父親が虐待したという証拠が出ないと分離は難しいです」

「父親を待つ必要はない」二人の議論に飽きたので、口を挟ませてもらう。「虐待しているのは、あの母親ですから」

「なんだって？」

安斎が眉をひそめた。

「何を根拠に？　そういうことは当てずっぽうで言うべきじゃない」

「時間がもったいない。終わらせましょう」

踵《きびす》を返し、廊下を戻る。

病室では、文乃と英輔が不安そうに待っていた。英輔の横に立ち、左右の頬骨を交互に押してみる。

「痛いよな、ここ」

英輔は辛《つら》そうに目を細めた。

「うん……痛い」

「一時間くらい前ですね、これ？」

確認すると、文乃が頷いた。

「はい、転んだのはそのくらいです」

「いや、転んだんじゃなくて、あなたに殴られたのが、です」

途端に文乃は気色《けしき》ばんだ。

「……なんてことを！　転んだって言ってるじゃないですか！」

「あり得ない」

斬り捨てる。この女は嘘をついている。

「確かに手をつかず顔面から倒れれば、頬骨は強く打撲する。でも、こんな怪我の仕方はあり得ない」

「……なぜですか？」

「左右の頬骨を同時に打ったのなら、鼻も無傷では済まない。しかし、この子は頬骨しか打撲していない」

「つまり……」

安斎が苦々しい声をひねり出した。

「頬骨の打撲には時間差があったことになります。まず片方を打ち、その後に反対側も打撲した。こんなことは転倒では起こらない」

「人為的なものだと？」

近堂が聞いてきた。声こそ柔和だが、目つきは険しくなっている。

「そうなります」と頷き、黒須文乃に視線を戻した。「どうして転んだと嘘を？」

文乃は無言のまま震えている。

「病院内で、あなたの他にその子を殴れた人間がいますか」

「うるさいぃぃ！」

突如鳴り響いた金切り声が文乃のものと気づくのに数瞬を要した。

「誰がそんなこと調べろなんて言ったんだよ！　この子のことは私が一番よく知ってんだよ！　私の大変さなんかちっとも知らないくせにぃぃ！　訴えてやる！　訴えてやるからぁぁ！」

「黒須さん、落ち着いてください！」

なだめようとする近堂を文乃は乱暴に払いのけ、英輔の襟を摑《つか》んで揺さぶった。

「あんたも言いなさい！　お母さん大好きだって言いなさいよぉ！」

「黒須さん！」

近堂が文乃を引き離す。

「警備員を！」

安斎が廊下に向かって怒鳴った。

「あんた達なんかが対等に喋っていい相手じゃないのよ、私はぁぁ！　英輔、こっち来なさい！」

文乃は近堂を押し返し、英輔に手を伸ばした。が、空を摑む。

英輔はすでに俺が引き起こし、文乃とはベッドを挟んだ反対側——俺の横に立たせていた。

「あんた何してんのよぉ！　それ、こっちに渡しなさい！」

しがみついている英輔の震えが伝わってきた。この子の目に母親はどう映っているのだろう。こんな母親でも引き離されたくないのか。それとも、より酷《ひど》いことをされると恐れたのか。いずれにしても、この子はどんなに傷つけられても母親のために嘘をつき続けてきたのだ。

「こんなことしてどうなるか……わかってるんでしょうねぇぇ！」

警察に連行されるまで文乃は呪詛《じゅそ》の言葉を喚き続けた。


「コーヒーはお嫌いですか？」

「いつもエスプレッソなので」

と、言いつつ、出されたコーヒーを渋々飲んだ。

「それは申し訳ない。コーヒーはこれだけでしてね。しかし、なんですなあ。やり方はスマートと言えないが、法医の目はさすがですね」

医局に戻った安斎はすっかり態度を軟化させていた。

黒須文乃は代理ミュンヒハウゼン症候群の典型だった。甲斐甲斐《かいがい》しく子供を看病する母親。周囲からそう見られたいがために子供を傷つける。幼い英輔は長い間、母親の醜く肥大した承認欲求を満たす道具として犠牲になってきたのだ。

スマートフォンを片手に近堂が戻ってきた。

「お父さんが出張を切り上げて、明日、迎えに来てくれるそうです。英輔くんはよく眠っています」

「そうですか。父親は虐待のことを知らなかったんでしょうか」

安斎が椅子を勧めながら尋ねた。

「それは何とも……」

「英輔くんはこの後どうなるんでしょう。児相が保護するんですか」

「母親は起訴まで行くでしょうが、実刑にはならないと思います。その後のことは家族内で決めてもらうしかありません」

虐待が明るみになったところで被害児童が人並みの生活を享受できるようになるわけではない。一時、虐待から解放されても、親元に居る限りは虐待の再発に怯える日々が続くし、完全に分離された場合は親を失うことになり、心の傷が残る。

だが、それは法医が考えることではない。自分にはもっと重要なことがある。

コーヒーを飲み干し、椅子から立ち上がった。

「もういいですか。仕事がありますので、ここからは児相にお任せします」

「あ、ありがとうございました。また何かありましたらよろしくお願いします」

近堂が頭を下げた。

「大学を通してください」

気安く頼まれるのは困る。紙コップを潰し、ゴミ箱に投げ捨てた。

3

元町に着いた頃にはすっかり日が落ちていた。

大学に戻らず、アパートに直帰する。一階の集合ポストを覗くとチラシが数枚入っていた。

ふと、視線を感じ、辺りを見回す。暗くてはっきり見えないが、人影らしきものはない。最近多くなった、この感覚。思い当たる節があるとはいえ、自意識過剰なのではとも思う。

部屋は二階の最奥。鍵を開け、真っ暗な室内に入った。六畳のリビングには医学書や犯罪学、薬学などの資料が散乱している。奥の部屋にはベッドのみ。家ですることといえば、寝るか資料を読むかだ。招く友人もいない。十六年前の事件から他人と深く関わらないように生きてきた。東京での研修医時代も部屋は同じような有様だった。

電気を点《つ》け、二人掛けのソファに腰を下ろす。読みかけの資料を手元に置いた。ここ数日、論文の作業が全く進んでいない。解剖に時間を取られるのは仕方ないが、それ以外の雑務が多すぎる。そこにまた臨床法医まで加わってしまった。目をつぶればすぐにでも眠れそうなほど疲労が溜まっている。しかし、さすがに今日は資料を読み終わりたい。

眠気を振り払うように起き上がり、キッチンに入った。古いアパートに不釣り合いなエスプレッソマシンのスイッチを入れる。

また人の気配がした。が、今度は正体が知れている。相変わらず最悪のタイミングだ。

ガチャガチャと玄関の鍵が回された。

「お邪魔しまーす」

トコトコと足音がリビングに移動していった。

エスプレッソを注いで戻るとソファはすっかり占領されていた。

「繭《まゆ》、今日はダメだ。他を当たれ」

「とうとう妹を見捨てるまでに落ちぶれたかあ」

四歳下の妹、繭。それをしっしとソファの隅に追い払い、空いたスペースに座った。

「忙しいときに限って来るんだよ、お前は」

「そんなの知らないよ」

「カナダに居るんじゃなかったのか?」

「オーストラリアね。昨日帰ってきた。来月あたりからスペイン」

部屋の隅にはいつものスーツケースが置かれている。

「なので、しばらくよろしくどうぞ。なるべく友達ん家《ち》に泊めてもらうけど」

「大学は平気なのか。いくら精神科専攻でも緩すぎるだろ」

医学部は六年制のため繭はまだぎりぎり学生だ。だが、俺が六年の頃は旅行なんてしている余裕はなかった。

「あ、今、ちょっとバカにしたでしょ！　大丈夫。ちゃんと計算してますから！」

やかましい。繭が来ると、こうしてペースが乱される。

「とにかく、今は忙しいんだ。余計な仕事も増えたんだから」

「どんな仕事？」

「また臨床法医を振られた」

「良かったじゃない！」

返事をする代わりに睨みつける。

「ほら、またそういう顔して。お兄ちゃんはたまに人助けしたほうがいいんだよ」

「検案や解剖だって社会のためだろ」

「そうだけど、もっとお兄ちゃんの個人的な問題。子供を助ける仕事なんて最高じゃない」

「もっと論文を出さないと助教のポストすら危なくなるんだよ」

「ポスト、ポストって、つまらない大人になっちゃいましたね」

憎たらしいが、ここで言い返すと繭のペースになる。

「お前もそのうちわかるよ」

議論を避け、資料に目を通した。

「それにしても、この部屋いつもカーテン閉めっぱなしだよね。たまには開けたら?」

「嫌だね」

「子供なんだから」

結局、資料は予定の半分も読めなかった。

4

黒須文乃の一件から二週間。キャンパスの木々は前々日の大雨でだいぶ葉を落としていた。

法医学教室に児相の宮間《みやま》所長と近堂が訪ねてきた。宇佐美に相談があったらしい。

廊下ですれ違うと、近堂がこちらの様子を窺うように頭を下げた。

「先日、五稜郭病院でお会いした児相の近堂です」

「さすがに忘れてませんよ」

「英輔くんのお父さんが先生によろしくお伝えくださいと。母親は保釈されましたが、離婚に向けて動いているそうです」

宮間は隣でニコニコと頷いている。五十代。その笑顔に温厚な人柄がにじみ出ていた。

「英輔くんもお父さんと二人暮らしになってだいぶ落ち着いたようです」

「そうですか」

病院で会った子供の顔は思い出せなかった。だが、安全に暮らせるようになったのなら時間を割いた甲斐があったかもしれない。

近堂は横居にも挨拶すると言って去り、宮間と二人きりで残された。宮間とは以前の臨床法医で面識があった。

「近堂君はたいしたもんですよ。道庁のエリートなのに自ら児相を志願して来たんです」

「物好きですね」

宮間が黙った。失言だったようだ。

「そうそう。真壁先生と一緒に仕事できることも喜んでいましたよ。英輔くんの件も近堂君が真壁先生にお願いしたいと。ほら、先生が出た新聞記事！　道庁に居た頃、あれを読んだそうで」

「あれですか……」

「若い世代が力を合わせて取り組んでくれるのは頼もしいですよ」

「僕に関しては買いかぶりです」

その買いかぶりが研究の時間を削っている。ここ数日も臨床法医の仕事が立て続いていた。苛立《いらだ》つ反面、児相職員たちの仕事ぶりは認めざるを得ない。

だからこそ。

「潰れませんか、彼？」

「さあ、それは彼次第ですねえ。子供好きというだけでは務まらない仕事ですから」

児相の仕事は大半が虐待する親との接触になる。岩田のようなろくでもない輩《やから》を相手にしていては誰だって疲弊する。去年、臨床した虐待事案の担当者は心が折れ、児相を去っていた。

――子供を助ける仕事なんて最高じゃない。

能天気な顔が頭をよぎる。

「いたいた。真壁先生、解剖依頼です」

青山が小走りで近寄って来た。

「失礼します」

宮間に一言告げ、解剖室へ向かう。

「待ってましたよ」

準備室に入ると、横居が嫌味たっぷりに待ち構えていた。

「遺体発見は昨日午後五時。検視では縊死《いし》による自殺。場所は戸井《とい》線沿いの山中。現場付近で本人の車も見つかっている。滅多に人が通らないから下手すりゃ発見が一週間遅れていたかもしれない」

聞く限り不審な点は無い。

「なぜ、解剖に？」

検視で自殺とされた死体を警察が解剖に回した。何か引っ掛かる。

「警察に聞け。法医は法医の仕事をするだけだ」

横居はまるで学生に説明するかのように言い、解剖室のドアを開けた。

ここで考えていても仕方ない。立ち合いの警官らと共に入室する。

解剖台に横たわる遺体。会釈の後、その顔を見て身体が固まった。

横居が検案を始める。

「うっ血も無い。検視の見立ては間違っていないな……どうした、真壁先生？」

横居に呼ばれても遺体から目を離せなかった。

首を吊った男性の形相は生前と大きく変わっている――が、間違いない。

横居が察したように顔を上げた。

「知り合いか？」

「……遺体の名前は？」

やっと開いた口で警官に尋ねる。

「岩田信二郎です」

「真壁先生？」

「……以前、虐待を鑑定した子供の親です」

岩田に殴られた頬のあたりがじんわりと熱くなった。

解剖の結果、岩田はロープによる首吊り死で間違いなかった。

横居の見解は死後およそ三日。大雨の日もぶら下がっていたことになる。手で絞められた痕跡が無く、目撃者もいないため多少の不審点があったとしても通常なら自殺で処理されるだろう。

しかし、一つ気になる点があった。

首についたロープの痕――索状痕がわずかにずれて二重になっていたのだ。

指摘すると横居は面倒そうに眉を掻《か》いた。

「自殺の偽装だと？」

「可能性があります」

「しかし、他に偽装を疑う点は見つからない。索状痕のずれは痙攣《けいれん》によるものだろう」

横居の言うとおり、縊死の場合、絶命直後の痙攣でロープがずれることがある。それだけをもって他殺だとするのは難しい。

結局、他殺の可能性もあるとしながら結論は警察の見立てどおり、自殺とされた。

「自殺の動機に心当たりは？」

教室に戻るなり横居が聞いてきた。

「動機？　法医の仕事ではないでしょう」

「通常はな」

「これは違うと？」

横居はためらうように、間を空けた。

「本当に岩田は虐待をしていたのか?」

「……冤罪《えんざい》を苦にして自殺したと言いたいんですか?」

「まさか。だが、万が一ということもある」

頭に血が上った。岩田の虐待鑑定は、あらゆる可能性を想定した上での解だった。臨床後の捜査でも証拠が見つかっている。

だが、誤診の可能性をゼロと見做《みな》すことはできない。もし、冤罪だったとしたら——。しかも、自殺に追い込んだとなれば——。法医のキャリアはここで終わる。

青ざめた顔で首を吊る岩田が思い浮かんだ。そこにハルの姿が重なる。

なぜ、今、ハルが出てくるんだ……。

ドアの開く音が意識を教室に戻した。入ってきたのはスーツ姿の女性だった。

「真壁先生、中央署刑事一課の小野田《おのだ》と申します」

警察手帳には小野田美姫《みき》と書かれていた。まだ若く、顔立ちも整っているが、眼光は他の一課の刑事たちと同種だ。

「解剖結果は横居先生に聞いてください」

「真壁先生にお聞きしたいことが」

「僕に？」

「先生は岩田信二郎の虐待を鑑定されたそうですね」

「……早いな」

横居と同じ疑念を警察にも持たれたらしい。おそらく解剖前から警察は俺と岩田の関係を把握していたのだろう。冷静になりかけた頭が再び熱くなる。

「岩田の死に、僕の鑑定が関係していると？」

「いえ、断定できることはまだ何もありません」

「上から慎重に進めろとでも言われたんですか」

美姫の眉がぴくりと動いた。

岩田の自殺理由が冤罪だったなら警察にも責任が及ぶ。しかし、冤罪の原因が法医の鑑定ミスとだとすれば、責任の主は担当法医に移る。

「誤解させてしまったなら謝ります」美姫は冷静であることを示すかのように穏やかな口調を維持している。「本件は自殺だけでなく、他殺の線も含め捜査しています」

二人行動がレギュレーションである刑事が一人で来ているところを見ると、本当に軽い聴取と考えているのかもしれない。

「でも、他殺となれば警察も解決は難しいでしょうね。目撃者もいないし、大雨で現場の手がかりもほとんど残っていない」

「それを調べるのは私達の仕事です」

美姫はぴしゃりと線を引いた。縄張り意識が透けて見える。

「僕の鑑定に疑問があるなら他の法医に再鑑定してもらえばいい」

横居にも聞こえるように言った。

「そうですか……ところで、今日のご予定は？」

美姫が声のトーンを和らげた。

「詰まっていますが、任意同行でもするんですか」

「虐待の鑑定をお願いしたいのです」

「……？」

刑事が直接、臨床法医を依頼するのは妙だ。

「大学を通してください。僕が臨床するとは限りませんが」

「もちろん、宇佐美教授にはお伝えします。しかし、鑑定は真壁先生が適任かと思います」

「ふうん、僕の適性を知ってるんですか」

「鑑定していただきたいのは、生前の岩田信二郎を最後に見た子供です」

卓上のアラームが鳴った。実習開始五分前の合図だ。

「鑑定の理由になっていません」

「詳しい説明はさせていただきます」

「申し訳ありませんが、夕方まで実習指導です」

「その後で構いません。時間は追ってお伝えします」

「まだ行くとは言ってませんよ」

まるで容疑者に対するような美姫の強引さに辟易《へきえき》しながら教科書を手にした。

「そういえば、真壁先生。先日、司法解剖に回していただいた女性の遺体。夫が犯行を自供しました」

「そうですか」

病死として処理されるところだった女性の死体は、後日、司法解剖で扼殺と正式に結論が出ていた。

あの時、気づかなければ、警察は失態を犯すところだった。いや、こちらの指摘で失態が明らかになったとも言える。事件解決の報告にもかかわらず、美姫の目は笑っていなかった。

5

函館中央署に着いた頃には夕日がほぼ沈んでいた。

実習後、案の定、宇佐美から『協力』を要請された。宇佐美が警察の要請を断るはずがないことは予想していた。苛立ちながら、出掛けに机を片付けていると、厚手の紙で指を切ってしまった。なんなんだ、この負の連鎖は。厄日なのだとしたら早く帰って終わらせたい。

刑事第一課は二階。目に入った警察職員に用件を伝えると奥から美姫が出てきた。

「お忙しいところすみません。こちらです」

他人のことは言えないが、美姫には愛想の欠片《かけら》もない。

「目撃者は岸谷静香《きしたにしずか》と娘のかすみ。死亡推定日の二日前、児童相談所前で岩田と遭遇しています」

フロアを歩きながら美姫が手短に説明する。

「二日前？　それが最後の目撃情報ですか」

「今のところは。岩田は仕事も辞めていたので毎日顔を会わせる人間は居なかったようです。ただ、親子分離の解消を求めて、児相には通っていました」

虐待しておきながら子供と離されることには抵抗する。矛盾しているように見える岩田の行動だが、虐待親の多くが同じ要求をする。奴らにとって子供は自分の持ち物であり、それを取り上げられるのが我慢ならないのだ。

「奇妙なことに、その日、岩田は児相の前まで来て、引き返しています」

「中には入らなかったと？」

「ええ。児相の職員が遠目で岩田を見ていますが、受付には来ませんでした」

児相の前で何かがあったのだろうか。

「目撃者母娘《おやこ》も児相に？」

「定期的に児童福祉士と会っているそうです」

「僕は何を？」

「理由は不明ですが、娘の目撃証言が二転三転しています。どうも母親の影響によるもののようです」

「いくら聞いても、なぜ呼ばれたか理解できませんが」

「同席していただいたほうが早いでしょう」

連れて行かれたのは簡単な仕切りで目隠しされた応接セットだった。男性刑事が母娘と向かい合っている。母親の岸谷静香は三十代前半のようだが、痩せ細った姿からは生気が感じられない。五歳程の娘、かすみは母親の隣で大人しく座り、天井を見上げている。膝にはクマのぬいぐるみが乗っていた。

「函館医大の真壁先生です」

美姫に紹介されると、静香の目が揺れた。

「医大の先生……？」

「いつもアドバイスをいただいています」

嘘ではないが、事実でもない。この女刑事は何を企んでいる――？

指の傷が痛んだ。

美姫はこちらに一瞥《いちべつ》もくれず、続けた。

「中断したのでもう一度確認させてください。あの日、お二人は児童福祉士との面接だったんですね」

「はい。隔週で色々相談しています」

「どんな相談を？」

「……色々です。それも話さないといけないんですか？」

「無理にとは言いません。それで、面接が終わり、表に出たところで岩田さんを見かけたんですね」

　静香は大きく首を横に振った。

「いえ、何度も言っているとおり、はっきりとはわかりません。岩田さんという方も知りませんし、誰かが居たと言われれば、そうだったかもしれないという程度です」

「かすみちゃんは見たんだよね？」

　美姫は矛先を疲れ切った母親から幼女に変えた。

「みてない」

　かすみは俯いたまま答えた。

「でも、この前はおじさんを見たって言ってなかった？」

「うん、いった」

「じゃあ、やっぱり見たんだよね？」

「みてない」

　かすみはチラチラと母親を気にしている。

　なるほど。確かに、娘は母親に口留《くちど》めされているようだ。

「あの……娘も覚えていないんです。私達ではお力になれないと思います」

　静香が割って入った。

「お二人と岩田さんがすれ違っているところを職員が確認しています。かすみちゃんも一度は証言していますので、何か思い出せませんか」

美姫の押しに負け、母娘は揃って俯いてしまった。

「……お母さんとだけお話させていただきたいのですが、あちらの部屋でお願いできますか」

美姫が声のトーンを変えた。既視感のある手口だ。

「え、娘は？」

「かすみちゃんは、ここで待っててくれるかな？」

「うん」

「でも、この子を置いてはいけません」

「ここより安全な場所はありませんよ。法医学者の先生も見てくれていますし」

「……やっぱり、私達を調べてるんですね！」

静香は明らかに『法医学者』という言葉に反応し、取り乱した。美姫も意図的にその言葉を使ったように見えた。

「ですから、そんなことはありません。なぜ、心配なさるんですか」

美姫が突き放す。

「……心配なんてしてません！　話が違うから！」

「きちんと証言を聞けたら、すぐ終わります。虐待の鑑定が目的ではないので」

「虐待……鑑定……」

静香の心が折れたのがわかった。

「岸谷さん、お願いできますか？」

美姫が穏やかな口調で止《とど》めを刺す。

「……少しだけなら。でも、そろそろ帰らないと」

「ありがとうございます。すぐ終わります。真壁先生、少しお待ちください」

美姫は男性刑事と共に静香を別室へ連れて行った。

気づけば、かすみと二人きりにされていた。五歳児と話すことなどなく、沈黙が続く。

母親と離した隙に鑑定しろというのか？　だとしたら、かなり舐《な》めている。いや、違う。児相を挟まないのは不自然だ。

はっとする。

美姫の目的は、俺に岸谷母娘を鑑定させることではない。静香に俺を見せたかったのだ。口を割らなければ、お前の一番探られたくないところに手を突っ込むぞ、という脅し。美姫は初めから他殺を疑い、唯一の目撃者である岸谷母娘に糸口を求めている。

突如、幼い声が鼓膜を叩いた。

「ち！」

かすみが俺の右手を指差している。

見ると、指の傷から血が滲《にじ》んでいた。

かすみは鞄《かばん》の中をもぞもぞと探し、絆創膏《ばんそうこう》を取り出した。その際、クマのぬいぐるみが床に落ちた。赤い首輪に紐《ひも》が結わえられ、かすみのズボンと繋がっている。無くさないように静香が結んだと思われるが、どこか違和感がある。

かすみは無言で絆創膏を貼ってくれた。

金色の模様がちりばめられた絆創膏は大人がするには少し恥ずかしい。

「あ、うん……どうも」

反応に困り、質問で誤魔化すことにした。

「児童相談所の前で何か見た？」

「ううん。みてない」

「声や音は？」

「かすみはきいてない」

「……じゃあ、誰が聞いたんだ？」

かすみは「しまった」という顔をして黙り込んだ。

これでは尋問の繰り返しだと気づき、こちらも黙る。

しばらくすると、会議室のドアが開き、美姫たちが出てきた。美姫の様子から察するに、有効な情報は得られなかったようだ。

手に柔らかい感触。見下ろすと、かすみが手を握っていた。戸惑いで身体が硬直する。

驚いたのは美姫たちも同じだった。

「かすみが私以外の手を……」

静香がつぶやいた。

かすみは何か話したか──と、美姫が目で問いかけてきた。

無視したが、頭には一つの仮説が浮かんでいた。

美姫は屈《かが》んで、かすみと目線の高さを合わせた。

「次は、かすみちゃん、こっちのお部屋に来てくれる？」

「え？　いい加減にしてください！　もう帰ります！」

静香が俺からかすみの手を取り返した。もはや半狂乱に近い。

「かすみちゃん、まだ話してないことあるよね？」

美姫は逃さない。

「みてない！　みてない！」

「でも、この前は、見たって言ったでしょう？」

「ですから、この子はたまに面白半分で嘘をつくんです！　まともに相手しないでください！」

母親と刑事に挟まれ、かすみは涙目になった。が、必死に堪《こら》えている。泣いてはいけないと強く言われているのかもしれない。

「その子は嘘をついてない」

一同の視線が俺に集まった。

「その子は本当に岩田を見ていませんよ」

「しかし、かすみちゃんは一度証言しています。矛盾を放っておけません」

美姫の鋭い目が余計なことを言うなと告げている。

「矛盾はしていません。その子は何も見ていない。目撃者は他にいる」

「他の目撃者？」

訝《いぶか》しがる美姫の隣で静香が慌てている。

間違いない。この母親は娘の秘密を隠している。

「児童相談所の前で見たおじさんのこと、誰に聞いた?」

問いかけると、かすみは逡巡《しゆんじゆん》しているようだった。

「ここにも来てるんだろ?」

「……え?　せんせいにもみえるの?」かすみは泣き顔から一転、破顔した。「うん!

チッチモーがおしえてくれたの!」

「かすみ!　いい加減なこと言わないで!」

静香は取り繕う余裕もなく、娘を黙らせようと肩を摑んだ。

「岸谷さん、落ち着いて」

美姫は静香の腕を押さえながら振り返った。

「先生、説明してください」

「イマジナリーフレンド。その子にだけ見えている友達です。姿は……チッチモーは
どんな姿?」

かすみは嬉々として天井を見上げた。

「はねがはえてて、おそらをすこしとべるの!」

「かすみ！」

母に叱られ、かすみは再び俯いてしまった。

「統合失調症……のようなものでしょうか？」

美姫は、かすみに聞こえないよう小声で尋ねてきた。

「精神科は専門外なので断言できませんが、イマジナリーフレンドを見る人間は、他人にそれが見えないことを自覚しています。現実に存在していると思い込む統合失調症とは根本的に異なる」

「病気ではないということですか」

「極度のストレスから解放されるための解離症状の一つとされています。解離は誰にでも起こり得る。例えば、大きなショックを受けた際に気絶するのも解離によるものです」

「じゃあ、かすみちゃん、児童相談所の前に居たおじさんはチッチモーが見たんだね？」

美姫がかすみに顔を近づけた。

かすみは母の様子を窺いながら小さく頷いた。

「先生……このことは児相に連絡されるんでしょうか」

静香はすっかり委縮している。

「今日は、この刑事さんに無理矢理呼ばれただけです。児相は関係ありません」

ムッとする美姫と対照的に静香は安堵《あんど》したようだった。娘に幻覚が現れるほどのストレスを与えている。そう児相に認識されるのを恐れているようだ。

「かすみちゃん、他にチッチモーはおじさんについて何か言ってる？」

美姫が作り笑顔で質問を続けた。

かすみは天井の隅を見てから視線を横に動かしていった。チッチモーが飛んでいるのだろう。

「おこってた」

「誰に怒ってたのかな？」

「……」

かすみはもう答えなかった。チッチモーが認められたことで満足したのか、興味は慌ただしく出入りする刑事たちに移っている。

「一人でブツブツ怒ってたの？　それとも誰かと話してた？」

かすみは鞄からシールのシートを出した。絆創膏と同じ金色のシールだった。一枚剥がし、鞄に貼る。刑事の相手をする集中力は完全に切れたようだ。

児相に怒鳴り込んできた岩田の姿を思い出した。逮捕されても改心することなく、自分の罪を棚に上げ、周囲に当たり散らす醜悪な人間。岸谷母娘の前でも悪態をついていたのかもしれない。ただ、そうなると、やはり岩田が自殺したとは考えにくくなる。

「小野田」

仕切りの陰から中年の刑事が顔を出した。

美姫は中年に近寄り、小声で何かを伝えられた。わずかに驚いた表情をしたが、すぐに感情を消し、戻って来た。

「岸谷さん、今日はここまでで結構です」

「……そうですか」

静香の顔に困惑と安堵の色が入り混じる。

「こちらの警察官がお送りします」

静香とかすみは制服の警官に案内され、刑事課を出ていった。

二人の姿が消えるのを見届けてから美姫が言った。

「岸谷さん親子の鑑定は不要になりました」

「初めから鑑定させる気なんてなかったでしょう」

「そんなことはありませんよ」

「誤魔化しは無用です。時間がもったいない。岩田の生前の様子から他殺を疑っていたんですね」

「ご想像にお任せします。ですが……」美姫はソファに腰かけ、対面への着席を促した。「時間がもったいないという点は同意します」

　俺が座ると、美姫は切り出した。

「先生が臨床法医で虐待と断定したのは、岩田信二郎と清水《しみず》啓介《けいすけ》ですね」

「先日、もう一人」

「そうですか」

「まだ僕の鑑定に疑問が？」

「先ほど、清水啓介の死体が発見されました」

　悪寒が背筋を走った。

　美姫は観察するような目で続けた。

「山林で首を吊っていました。状況は岩田と酷似しています。大雨の前から吊られていたようなので、おそらく同時期の……」

　犯行。美姫がその言葉を飲み込んだのがわかった。岩田と清水――俺が虐待を暴いた男二人が同じ死に方をした。同一犯による殺人の可能性が出てくる。

「解剖には回すんですか」

尋ねながら、回せ、と目で訴える。

「鑑識次第です」

「……解剖させないかもしれないと？　偶然、自殺が重なったとでもいうんですか」

「もちろん、他殺も考えられますが、岩田と清水に直接繋がりがあるわけではありませんので」

確かに岩田と清水は互いの存在すら知らないはずだ。だが――。

「繋がりならある。どちらも虐待を……」

言いかけて不安になった。

まさか清水の件でも俺が睨まれるのか――。

「解剖についてはともかく」美姫が立ち上がった。「いずれにしても先生には後ほどお話を伺わなければなりません」

俺を見下ろす美姫の顔からは感情を読み取れなかった。

6

帰りの路面電車が遅々として進まない。運行の異常ではなく、焦りがそう感じさせた。早く帰ったからといって事態が好転するわけではないが、警察署から早く離れ、坂の上へ避難したい衝動に駆られていた。

大学へ戻る前にアパートに立ち寄ると、繭がスーツケースと格闘していた。

騒がしい。一息つくことすらできないのか。

岩田と清水の件を話しても他人事のような顔をしているのがまた腹立たしい。

「お兄ちゃん、誰かに恨まれてるんじゃないの？」

「恨んでるなら俺を殺すだろう。それに、おそらく警察は清水も自殺の線で考えている」

繭が口角を持ち上げた。

「お兄ちゃんに鑑定された悪人が次々と死んでいく。ホラーだね」

「なんで面白がってんだよ」

「もし、お兄ちゃんを恨んでいる人が二人を殺したとしたら、お兄ちゃんはどうなるの?」

「どうにもならないよ。自殺だろうが、他殺だろうが、俺は仕事をしただけだ」

繭には余裕を見せたものの、どんな理不尽な理由であっても大学はキャリアにケチがついた学者の評価を下げる。

虚勢がバレないようキッチンへ逃げた。その際、繭がポツリとつぶやいたのを背中で聞いた。

「首吊りか……」

人通りのない林で不審な首吊り死。扼殺や縊死を見慣れている俺でさえも、その状況はハルの死を思い起こさせた。

あの事件以来、繭との間でハルの話題が出たことはない。避けているというよりは、話す必然性がなかった。

——本当か? ならば、なぜ今も繭のつぶやきを聞き流した?

注がれるエスプレッソを見ながら自問する。しかし、吐き気を感じ、考えるのをやめた。

法医学教室に戻ると、横居と青山がまだ残っていた。

「これでどうですか」

青山が横居の脇に立ち、パソコンのキーボードを叩いた。

「ああ、いいね。助かったよ」

「マクロくらいなら、いつでも」

青山は横居の表計算ソフトをカスタマイズしてやったようだ。高校時代はプログラミングに明け暮れ、医師になるか、プログラマーになるか、卒業ギリギリまで迷ったという。法医学教室を選んだのも医師への執着が薄いせいかもしれない。

「真壁先生、教授が呼んでましたよ」

パソコンのモニターを見つめたまま横居が言った。またニヤついている。

「ありがとうございます」

形ばかりの礼を言い、宇佐美の教授室に入った。

宇佐美は机仕事をしていた。法医としても現役であり、学会や警察医の指導にも飛び回る宇佐美は、助教のハードワークに劣らず多忙だ。

宇佐美はこちらを確認すると、また机の書類に目を戻し、言った。

「清水啓介の件は聞きましたか」

「はい、警察署で」

「明日、解剖することになりました」

「そうですか」

なんとか解剖には回された。問題はここからだ。

「真壁先生、警察に何か言いましたか」

「何のことでしょうか」

「検視では自殺となったようです。なのに、警察が解剖に回してきたのでね」

「さあ。岩田の時も同様でしたし、清水と岩田の関連性も考えたのでは？」

美姫に解剖を迫ったことは伏せておく。

宇佐美にとっても警察に頼られる機会が増えるのは望ましいのだろう。まんざらでもない顔をしている。

「そうですね。岩田の解剖で真壁先生が他殺の可能性を指摘していたのも影響したんでしょう」

幸運だと思うべきだろうか。通例であれば、岩田と清水どちらも解剖に回されず、自殺と断定されていた。その場合、俺の誤診に追及の焦点が絞られていただろう。

「ただ……」宇佐美の声が低くなった。「明日の解剖は私と横居先生とでやります」

足元が揺れた。

解剖から外される――。

「なぜですか。明日は、僕が執刀医で横居先生が補助の予定です」

「私も気は進みませんが、仕様がない。先生は関係者ですから」

「関係者……僕が清水啓介の？」

「念のためですよ。明後日からはいつも通りお願いします」

白々しい。解剖を外されるのは一日だけであっても、その前後で俺の立場が大きく変わることは嫌でもわかる。

「待ってください。岩田信二郎と清水啓介の臨床法医は先生の指示で行いました。解剖を外される謂《いわ》れはありません」

「真壁先生には申し訳ないと思っています。しかし、ほら、大学にも事情がありますので」

もう決定済みだ、と宇佐美は言外に示していた。

横居の薄笑いが浮かんだ。

ポストが極めて少ない法医学の世界において、地方にもかかわらず、二人の助教が置かれている函館医大は珍しい存在だ。宇佐美が半ば強引に自分のシマのポストを増やしたと聞いている。しかし、全国の法医学教室と同様、予算が潤沢にあるわけではない。だから、横居と俺、契約更新されるのはどちらか一人だという噂は採用された当初から耳に入っていた。俺の評価下落は、そのまま横居の生き残りに繋がる。

「率直に教えてください。今回の事件で僕に対する評価は下がりますか」

宇佐美は手を止め、顔を上げた。

「以前も言ったが、私は真壁先生を高く評価している。しかし、大学が体裁を気にするのも事実だ」

「つまり、大学からは敬遠されるということですね。質問を変えますが、横居先生と僕の契約が共に更新され続けることはあり得るんですか」

宇佐美は深く溜息をつき、「本来なら言うべきではないが」と、前置きした。「教授会と折衝しているが……おそらく更新は一人になるだろう」

となれば、大学が選ぶのは横居ということになる。

「まあ、いずれにしても真相が明るみになれば、真壁先生にとって不利は無くなるでしょう。もうしばらく待とう。次の論文も期待していますよ」

気休めにもならない。岩田と清水の死が重なったとはいえ、明確な他殺の痕跡が見つからなければ、結局、どちらも自殺扱いとなるだろう。

誤診で自殺に追い込んだ『かもしれない』というだけで契約更新はおろか、他大学へのルートも簡単に絶たれる。足りていない椅子にケチの付いた学者をあえて座らせる大学は無い。この国で大学のポストを失うことは法医学者としての死を意味する。こんなことがまかり通って良いはずがない。義憤が突き上げる。が、その先に待つのは——教授と対立して残るものは何だ？

「わかりました……」

頭を下げた。残ったのは自己嫌悪だった。

「そうだ。警察から発見現場の写真が届いています。見ますか」

「……ええ」

せめてもの心遣いといったところか。宇佐美はデスクトップのモニターをこちらに向けた。

そこには木の枝にぶら下がる清水の死体が写っていた。画像は数枚。それぞれ画角や死体との距離が異なっている。

現場全体を収めた写真に目が留まった。吊るされた死体の下に何やら青白い物が落ちている。

「……これは？」

「ん？」宇佐美は画像を拡大した。「花ですね」

落ちていたのは青い花だった。まだ開花前なのだろうか。花弁は筒状で、茎から摘まれている。

「誰かが持ってきた？　清水を殺した人間でしょうか」

画像を睨んだまま宇佐美に尋ねた。

「どうだろう。関係があるのかどうか……」

宇佐美はあまり関心を示していない。確かに周囲には他にもゴミや枯れ葉などが散乱している。

それでも、画面に映る花から目が離せなかった。なぜなら――。

突如、肌が粟立《あわだ》った。

「どうしました？」

宇佐美の声が遠い。

挨拶もそこそこに部屋を飛び出し、トイレに駆け込んだ。嘔吐の最中、脳裏に浮かんだのは――あの日の秘密基地。木にぶら下がるハルの死体。その下にコスモスが一輪落ちていた。

一体、何が起きている――？

薄れる意識に逆らい、必死に思考を巡らせた。

7

首吊りロープの発見で賑《にぎ》わったクラスも二時間目には平静を取り戻し、皆の興味は返却されるテストの点数に移っていた。

「今回、百点はテンだけだな。二番はハルの九十八点。二人ともよく頑張りました」

答案を返し終えた担任教師に頭を撫でられた。

百点を取ることには嬉《うれ》しさも達成感もない。それよりも朝に見たロープがずっと頭から離れず、どうにも落ち着かない。ハルも先ほどまで興味津々のクラスメイトに囲まれて、ご機嫌だったが、テストの答案を見るや浮かない顔になっていた。

また母親に何か言われるのかな……。

ハルの母親が厳しいことは知っている。ハルは時々、満点を逃す。それでも九十点以上は必ず維持している優等生だが、母親は認めていないようだ。

こちらの視線に気づいたハルが苦笑いで答案を見せた。

「ミスっちゃった」

筆記問題の回答に△が付いていた。

北海道の小さな町、八雲《やくも》。一学年五十人足らずの小学校でテストをしても俺とハルの差はほとんど出ない。しかし、駅前の学習塾が無料開催した模試をクラスメイト達と遊び半分で受けたところ差が大きく開いた。学校では常に俺が一位でハルが二位。しかし、北海道各地の塾生が受けた模試では俺が二位、ハルが三十位だった。ハルは気にしていない素振りをしていたが、クラスメイト達の前で母親に叱責されたときの暗い表情を忘れられない。

それでもハルとはいつも一緒に遊んでいた。

「俺のレベルについて来れんのはテンだけだから」と、ハルは言っていた。

俺も想いは同じだった。他の友達と比べてハルは格段に知的で話も面白い。さらに母子家庭と父子家庭という似た境遇であったこともハルを特別な存在にしていた。

事件は休み時間に起きた。

二時間目が終わると、ハルと二人で呼び出しを食らったのだ。職員室では警官が待っていた。捕まるようなことをしただろうかと不安になった。

「朝見た物について、お巡りさんに話して」

校長の話し方から察するに怒られはしないようだ。

安心しているとマユが担任に連れられて来た。

「首吊りのロープを見たんだってね？」

　警官に見つめられ、ハルは頷いた。

「はい」

「場所はどの辺り？」

「嘘です」咄嗟に口を挟んだ。「作り話をしたらクラスの皆が信じちゃっただけです」

　ハルとマユが怪訝な顔をする。

「三人とも嘘をついてたってことか」

　校長が顔を顰《しか》めて言った。

「はい。ロープはありましたけど、首吊りって感じじゃないです」

　嘘と真実を織り交ぜながら答えた。ハルとマユも確認されたが、二人とも呆気《あっけ》にとられ、頷くだけだった。

「なんで、嘘ついたんだよ！」

　職員室の帰り、廊下でハルが食って掛かってきた。

「通学路を守ってないのがバレたら怒られるだろ」

「嘘がバレたらもっと怒られる！」

「お兄ちゃんの嘘つき！」

マユもハルの側に回った。

「やっぱり、先生に本当のこと言ってくる」

「待てって！」

ハルの腕を摑み、怒鳴った。

「秘密基地の場所を知られちゃうぞ！」

ハルは足を止めた。

嘘をついたのは怒られたくなかったからではない。秘密基地が知られるのを避けたかったのだ。

林の中に作った基地は大人から見れば小屋にすらなっていない。しかし、そこはハルとマユと三人でゼロから作り上げた、どこよりも落ち着ける場所。家に帰るのを少しでも遅らせるためのシェルターだった。

母が蒸発して以来、家の中は廃墟《はいきょ》のように暗くなった。食事は毎日テーブルに置かれた小銭でやりくりした。父親はもともと子供に関心を示さない人だったが、酒の量が増え、深酒する度に大声で怒鳴り散らす。夜勤の日は特に機嫌が悪い。理由は言わないが、どうやら仕事が上手《うま》くいっていないようだった。父が仕事に出掛けるまでの間、妹と二人で怯えて過ごさなければならない。だから父が仕事に行く夕方まで家に帰りたくなかった。時間を潰す場所が必要なのだ。

「大丈夫だよ。警察だってたいして怒ってなかったろ?」

「嫌だ」

ハルは職員室に歩き出した。

「ハル!　秘密基地が無くなっていいのかよ!」

「また別の場所に作ればいい!」

「あそこを見つけるのに散々苦労したべや!」

「親に連絡されたら俺が何されると思う?」

思わず手を放した。

ハルが堰《せき》を切ったように怒鳴る。

「お前のせいで殴られたら、どうしてくれんだ!」

返す言葉がない。涙を堪えるのがやっとだった。

「……先生に言うかどうか、もうちょっと考える」

ハルは教室に戻っていった。

廊下に残され、涙が引くまで立ち尽くした。

「マユも先生に言うか、ちょっと考える!」

ここぞとばかりに突っついてきた妹は、しかし、すぐに心配そうな表情に変わった。

「お兄ちゃん、泣いてるの？」

「うるさい！　教室に戻れ。先生に言ったら怒るぞ！」

マユは口を尖《とが》らせ、くるっと背中を向けて歩き出した。少し離れたところで振り返り、「お兄ちゃんのバーカ！」と怒って見せ、走り去っていった。

教室に戻ってもハルとは話さなかった。ハルが秘密基地をそれほど大事に思っていないことが腹立たしく、悲しかった。

放課後になっても腹の虫は収まらず、ハルがチラチラとこちらを見ているのに気づいても無視した。昼で終わる土曜日は、いつもハルとマユと三人で帰っているが、とてもそんな気になれない。しばらくするとハルは黙ってランドセルを背負い、教室を出ていった。

クラスメイト達も次々と帰ってゆき、教室に一人になった。帰りたくはないが、することもない。

ふと、漫画ノートを取り出した。裏表紙には俺とハルの名前が書いてある。自分たちを模したキャラクターが主役の漫画。二人で交互に描き、読むのも二人だけ。もう六冊目になった。

怒りに任せて、ハルのキャラクターを打ちのめす場面を描き殴った。一度描き始めると時間を忘れる。

突然、教室のドアが開き、口から心臓が出そうになった。

「テンか。何してるんだ？」

担任の教師だった。

「漫画描いてた」

「残ってるの、お前だけだぞ。早く帰れ」

「はーい」

ノートをランドセルに入れた。

「先生、ハルなんか言ってなかった？」

「ハル？　放課後は先生のところに来てないけど」

「……そっか」

ハルは言いつけなかった。なのに、自分はハルをやっつける漫画を描いていた。恥ずかしさが込み上げる。酷い漫画をすぐにでも消したい。

「先生、もうちょっと描いてていい？」

「だーめ！　すぐ帰りなさい」

担任に玄関まで送られ、校舎を出た。校門付近の花壇にはコスモスが咲いている。

そうだ。もしかしたらハルは秘密基地にいるかもしれない。

閃《ひらめ》くと同時に朝のロープを思い出す。怖い。でも行かないと……。きっとハルが待っている。


あの時、意地を張らず一緒に帰っていれば――。嘘などつかなければ――。

洗面台で顔を洗い、トイレを出る。視界はまだ揺れている。

廊下の角で出会い頭に数人の学生とぶつかりそうになった。

「あ、すみません」

帰るところらしき学生たちが道を空ける。

「ああ、悪い」

眩暈《めまい》を悟られないよう努めて真っ直ぐ歩いた。

「また死んだんだろ？」

囁く声。だが、クリアに聞こえた。

「虐待を鑑定したら殺されるなんて死刑宣告人だよな」

「必殺仕事人じゃね？」

「しっ、声でかいっての」

「ちょっと憧れてたんだけどなあ」

学生たちの声が遠退《とおの》いていく。腹は立たない。動揺もない。足取りこそフラついているが、やるべきことはすでに決まっていた。

第二章

1

帰宅すると上着も脱がず、ソファに座り込んだ。真っ暗な部屋で目をつぶり、眩暈を誤魔化す。

あの花は何だ？　犯人が残した物だとすれば――。

玄関のドアが開き、ガサゴソとポリ袋の擦れる音がした。繭はどうやらコンビニに行ってきたようだ。スイッチの音と共に部屋が明るくなる。

「わっ！　びっくりした！　電気くらい点けてよ！」

繭は口を尖らせながらコンビニ袋から飲み物を出した。

言うかどうか迷ったが、黙っていられなかった。

「清水の死体の下に花が置かれていた」

せわしなく動いていた繭がぴたりと止まる。

「それって……」

「ああ……ハルの時と同じだ」

藺の瞳が揺れた。

「ハル君と何か関係あるの？」

「いや、偶然だろう。八雲と函館じゃ場所も離れてるし、関連が全くない」

「そうだよね……」

藺には関連を否定したが、写真の花からは俺への敵意のようなものを感じた。故郷の八雲と函館の事件を繋ぐものがあるとすれば、それは俺だ。

「首吊り婆が函館にも来たのかもな」

冗談を言ってみても空気は変わらなかった。

「……誰がハル君を殺したんだろうね」

「それは……」

あの事件直後の記憶は曖昧《あいまい》だった。後に藺や父親から聞いた話ではショックのあまり学校にも行けず、引きこもっていたらしい。不登校は卒業まで続いた。いつの間にか静岡の親戚に引き取られることになり、県内の中学に通った。その間の記憶は断片的にしか残っていない。

それでも事件に進展があれば、どこかから伝わっているはずだ。結局、事件は解明されず、自殺の線すら残されたまま風化していた。落ちていたコスモスだって犯人が残した物とは限らない。ハルが持っていただけかもしれない。

しかし、仮に殺人だとしたらハルは首吊り婆に襲われたのだ。中学時代にそう結論付け、以来、できるだけハルのことを考えないようにしてきた。怪談じみた話に矮小《わいしょう》化することに抵抗もあったが、深く考えると体調を崩すため、やむを得なかった。

「ハル君との関連は置いておくとして、岩田さんと清水さんの共通点は？　お兄ちゃんが怪しいってとこ以外で」

繭はいつもの調子を取り戻していた。

「共通点は、子供を虐待するクズだってことだな」

「その点は間違いないの？」

「お前まで俺の鑑定を疑うのかよ」

「うーん……」

繭はペットボトルの紅茶を一口飲んだ。何かを考えている。この妹は鬱陶《うっとう》しい反面、時折、的確なアドバイスをする。大学では精神医学を専攻しているらしいが、俺の本棚にある法医学書も片っ端から覚えてしまった。その上、精神医学の参考書も読めと言わんばかりにねじ込んでいる。兄よりよほど賢いのではと思うが、本人は至ってマイペースで、放浪を楽しんでいる。

「その花が清水さんと関係している可能性は高いの？」

「いや。俺が気にしているだけだ。教授は重要視していない」

「生前の清水さんが最後に目撃されたのは？」

「聞いてないな。もし目撃者がいても、あの女刑事が教えてくれるとは思えないが」

「モテない男はつらいね。名前ぐらい覚えておきなさいよ」

「やかましい。ここから先は警察の領分だ。法医学者といえど、部外者扱いなんだよ」

「じゃあ、手がかりは、あの母娘だけ？」

「そうだな。清水の解剖で新たな手がかりが出るとは考えにくい。今こっちが把握できている糸は岸谷母娘ぐらいだな。それもかなり細い糸だ」

岸谷かすみはイマジナリーフレンドを通して岩田を見ていた。母の静香は岩田を覚えていないと言い、娘が証言することも拒絶した。児相を気にしての反応だったが、引っ掛かるものがあった。

「でも、警察が協力してくれないんじゃ、その母娘にも話を聞けないいんじゃないの？」

藺の言うとおりだ。今は細い糸を摑む術《すべ》すら持っていない。

眩暈が治まったので立ち上がると、テーブルに置いたままの名刺が目に入った。

「……いや、一つだけ伝《つて》がある」

2

翌朝、『伝』に会うため、元町の坂を下った。

いつもなら登校中の小学生を見かける時間だが、なぜか今日は人通りが少ない。

ずずっ。

だからこそ気づいた。片足を引きずったような足音が大学の辺りから等間隔の距離を取ってついてくる。後ろを見回しても、それらしい姿は見当たらなかった。気にし過ぎか――。偶然、誰かと電停まで一緒になることだってあり得る。

それでも一抹の気持ち悪さを拭うため路地裏に入った。偶然の同行者ならついて来ないはずだ。早足で歩きながら耳を澄ました。

ずずっ、ずずっ。

やはり聞こえる。距離は少し離れたが、同じ足音がついてくる。

「首吊り婆が来るよ!」

路地裏を抜けたところで叫び声がした。

駄菓子屋の前で小学生ぐらいの男の子とその妹、母親らしき女性が睨み合っている。

男の子が店の軒先にあるガチャガチャから離れようとせず、母親が叱っているようだ。

「わがまま言ってると本当に来るからね！」

「そんなのいないもん！　これ買ったら帰る」

男の子が駄々をこねると、そのシャツを妹が引っ張った。

「お兄ちゃん！　早く帰ろ！　首吊り婆が来ちゃう！」

「これ欲しい！」

「ダメって言ってるっしょ！　ママたちは帰るから一人でそこに居なさい！　首吊り婆が来ても知らないから！」

一喝され、男の子は撃沈。母親に抱きつき、家族三人で帰って行った。

足音は聞こえなくなっている。

通りかかったタクシーに飛び乗った。車窓から路地に目を凝らしたが、人影らしきものは見えない。

「お客さん、具合悪いのかい？」

走り出したタクシーの運転手がこちらを窺っていた。

「大丈夫です。今日は人通りが少ないようですが」

「市内の小学校が全部休校だからね。ほら、首吊り死体が連続で見つかったっしょ？

通り魔とか異常者かもしれないってことで通達があったらしいよ。ウチの子も休みになったんで、首吊り婆ありがとうって喜んでるわ」

「……首吊り婆というのは？」

「あれ、知らないかい？　この辺りだけなのかな。学校帰りの子供をさらって電柱に首を吊る、人っつうか妖怪《ようかい》っつうか。口裂け女みたいなもんさ」

「その話はいつからあるんですか」

「さあ。私が子供の頃にもあった話だから、少なくとも三十年以上前だろうね」

「三十年……」

まるで釈迦《しやか》の掌《てのひら》の上で弄《もてあそ》ばれる孫悟空《そんごくう》になった気分だ。首吊り婆の話は八雲だけでなく、百キロ近く離れた函館にも存在した。話のディテールは少し違うが、むしろ八雲の首吊り婆は函館の都市伝説から名前を拝借したのかもしれない。

目をつぶると、先程の足音が内耳で再生された。つづいて、片足を引きずる人影がまぶたに映り、それが長いロープを引きずる老婆に変貌した。


児童相談所の前でタクシーを降りた。

道はやや狭く、車も人も通っていない。通りからは駐車場を挟んで児相の入口や職員室の窓が見えた。ここで岩田信二郎と岸谷母娘が出くわしている。

受付で呼び出すと、近堂が急ぎ足でやってきた。

「真壁先生、電話をいただければ、こちらから伺いましたのに。どうぞ」

近堂に案内され、廊下を進む。

「それで、どうされたんですか」

「岸谷母娘に会わせてください。母親が静香、娘がかすみです」

「……岩田さんの件ですか」

エリートらしく理解が早い。

「そうです。警察で一度会いました」

「岸谷さん母娘は先日、私が担当を引き継ぎました。ですが……警察の仕事では？」

「岩田信二郎の事件は僕にとっても重大事です」

「事情はお察しします。ただ……」

近堂に警戒の色が浮かんでいる。知り合いの法医学者であっても迂闊《うかつ》に個人情報は明かせないのだろう。

しかし、そこを突破しなければ――。

「あの母子には臨床法医が必要では？」

近堂が立ち止まった。最初のジャブは当たったようだ。

「かすみちゃんの虐待鑑定をするということですか？　しかし、母親がかすみちゃんを虐待している痕跡は見当たりませんよ」

「身体的には、ですよね」

「……」

「法医から進言します。岸谷静香は娘を虐待している可能性がある」

近堂は周囲を見渡し、脇にあった相談室に俺を引き入れた。

「なぜ、そう思うんですか」

「意外ではないでしょう。そちらも虐待を疑っているから面接しているのでは？」

「答えを聞かせていただくまで、私からは何も話せません」

譲らない意志の強さが見て取れた。

「岸谷かすみはイマジナリーフレンドを持っています」

「……なるほど、そういうことか。思い当たる点はあります」

さすがに近堂は児童心理の知識を持っているようだ。

「イマジナリーフレンドは多くの場合、多大なストレスが原因となる解離症状です。辛い出来事から逃避する手段として幻の友達が現れる」

「それが虐待によるものだと?」

「それはもっと調べないとわかりません」

近堂は探るように見つめてきた。

「岩田さんに関する質問をしない、という条件なら検討します」

「いえ、岩田信二郎についても聞きます。もちろん、臨床を怠ることはしません」

近堂が苦笑する。

「それで私がOKすると思ってるんですか?　かすみちゃんに身体的な虐待の跡が無い以上、法医学者の先生にお願いする理由はありません。精神分析ならうちにも児童心理士がいます」

「判断は任せますよ。岸谷かすみを的確に鑑定できる人間が他にいるなら」

越権行為であることは重々承知だ。だからこそ正直に脅す。

近堂は少し考えてから「お待ちください」と言い残し、部屋を出ていった。

五分も経たず戻って来たときには顔から迷いが消えていた。

「上に話を通しました。岸谷さん母娘の臨床法医を正式にお願いします。大学にはこれから連絡する形になりますが、よろしいですか」

「問題ありません」

それは宇佐美教授が決めることだが。

「実は警察からの連絡で聞いてたんですよ。かすみちゃんが真壁先生に懐いてたって」

「いや、懐いたというほどでは……」

「我々には全く心を開いていませんでしたからね。かすみちゃんに限らず、虐待を受けている子供が児童福祉士に心を開くことはあまりないんです。その点、真壁先生は短時間で心を通じ合わせた。失礼ですが、意外でした」

「あの……まあ、そういうことではなくて……」

反応に困り、しどろもどろになる。近堂が緊張を緩ませ、椅子を勧めた。

「岸谷さん母娘と会う前に、これまでの面接の経緯をお話しします。と言っても、面接は隔週で、私が引き継いでからは二回しかしていません。前任の頃から、かすみちゃんの身体に虐待の跡は見られず、母親も落ち着いています」

「では、なぜ、岸谷母娘と面接しているんですか」

「岸谷静香さんは去年、生後六ヶ月の息子さんを亡くして、現在、裁判中です」

「……裁判中ということは、虐待死の可能性が？」

「SBSです」

静香の異常な狼狽《ろうばい》ぶりに合点がいった。

SBS。日本での名称は『揺さぶられっ子症候群』。乳幼児が頭部を強く揺さぶられることで頭蓋内出血や脳挫傷を起こし、死亡または重度の障害に見舞われる症状を指す。乳幼児の不審死がSBSと診断され、親の逮捕に繋がるケースは後を絶たない。

「まだ判決は下っていません。裁判所も慎重になっています。しかし、近所の目もあり、札幌から函館に移ってきたそうです」

近年、SBS診断の科学的根拠が疑問視され、裁判や起訴が慎重に行われるようになった。虐待だけでなく、転倒などによっても同様の症状が見られるためだ。

「面接の目的は？」

「もしも、岸谷さんが虐待により息子を死なせていたら速やかに親子分離となります。しかし、事実関係がはっきりしないうちは強行できません。なので、定期的に面接させていただく継続指導となっています」

「裁判の結果が出るまで先送りしてるわけか」

「……仰《おつしや》るとおりです。虐待は疑いの段階で手を打たないと取り返しがつかないこともある。ですが、どうにも……」

虐待の兆候をキャッチしても親が否定すれば、児相は踏み込めない。それどころか近所の通報を受けて家庭訪問しただけで「児相が来たせいで妻が鬱になった」「周囲からの評判が落ちた」と、逆にクレームを食らうことすらある。たとえ、虐待していることが見え見えでも確実な証拠が揃うまで児相の立場は弱い。

岸谷静香の場合はどうか？　賢母に見えても本性は醜悪な黒須文乃のような例もある。

「岸谷静香は息子の死因について何と？」

「ここではかすみちゃんとの関係性についてのみ話しています。常に、かすみちゃんのことを気にかけていて暴力を振るった形跡は確認できません。ただ、かすみちゃんの年頃で母親に全く甘えようとしない点や他者との接触を避ける点が気になっています」

「裁判の状況については御存知ですか」

「経緯は押さえています。担当の法医学者はＳＢＳの可能性が高いと診断しています」

「ＳＢＳは、殴打をしなくても一時の苛立ちによる揺さぶりだけで起こり得る。仮にＳＢＳが事実だったとしても岸谷かすみの身体に虐待の跡が無いことと矛盾しません」

「迷っています。かすみちゃんをどうするべきか。身体的虐待が無くても精神的な虐待を受けていれば、いつか心が壊れてしまう」

3

近堂の仲介により岸谷母娘と自宅近くの公園で会うことになった。静香は自宅に人を入れたくないらしく、面接も毎回、児童相談所まで来ているという。

「すみません。あまり時間が無いので……」

会って早々、静香は牽制《けんせい》してきた。全身で迷惑だと発している。しかし、今の俺にとって遠慮は贅沢《ぜいたく》品だ。

「お時間は取らせません」

近堂が慎重にコミュニケーションを取る横で、かすみを観察する。ずっと俯いたままでこちらを見ようとしない。

「児童相談所の前で会ったおじさんのこと何か思い出した？」

尋ねると、かすみは黙って首を振った。

「友達は何か言ってない？」

かすみはまた首を振る。明らかに態度がおかしい。母親に何か吹き込まれているのか。静香を見ると、目を逸《そ》らされた。

さて、どうするか。かすみが母の命令に背いて話すとは考えにくい。

「じゃあ、話さなくていい。でも、チッチモーだったっけ？　その友達は、ここにいる皆が知っているから隠さなくていい。遊んでおいで」

　かすみは母の顔を見上げた。静香もここは否定できないと考えたのか、頷いて許可を与えた。

「やった！」

　かすみは別人のような笑顔を浮かべ、砂場で遊び始めた。

「かすみはドーナッツやさん。チッチモーはおきゃくさんね」

　誰もいない空間に話しかけながら砂で団子を作っていく。ドーナッツのつもりらしい。かすみのズボンと紐で結ばれたクマのぬいぐるみは地面に放置されている。

　かすみに近づき、「そのクマの名前は？」と聞いてみた。

「ない」

　かすみはドーナッツ作りに夢中で素っ気ない。

「遊ぶのはチッチモーとだけ？」

「うん」

「そのクマは嫌い？」

かすみは返事をしなかった。

「お母さんに無理矢理持たされてる？」

「違います！」

静香が怒る。ここまでは想定どおりだ。

「こんなもので娘さんを縛ることはできませんよ」

「縛るなんて……それは……」

「初めは、ぬいぐるみを無くさないように娘さんと紐で繋いでいるのだと思いましたが、繋がれているのは娘さんのほうみたいですね」

「なんてことを！　失礼です！」

「岸谷さん、すみません。真壁先生は単に印象を述べられただけで」

近堂が静香の前に回り込み、なだめた。

ぬいぐるみはコミカルなデザインだが、その内側に詰まっているのは母親の支配欲とエゴ。批判するつもりはないが、利用させてもらう。

「子供は親の所有物だと？」

「そんなこと、思っていません！」

「では、許可を与えてください。イマジナリーフレンドから聞いたことを話していいと」

「か、関係ないでしょ、それとこれは……」

「やはり、娘さんに緘口令《かんこう》を？」

「……私は何も言ってません」

「そうでしょう。しかし、娘さんが気を使っているかもしれない。だから、あなたから許可を」

静香は言葉に詰まり、固まってしまった。

「岸谷さん、大丈夫ですか？」

近堂が静香を気遣う。

「……ええ、ちょっと眩暈が。大丈夫です。いつものことですから」

静香は真っ青な顔をかすみに向けた。

「チッチモーのお話、先生たちにしてあげて」

「いいの……？」

不安そうなかすみに静香は小さく頷く。

「いいって！」

かすみは虚空に振り返り、笑った。

「じゃあ、チッチモーに聞いてほしいことがある」

間髪をいれず、かすみの前に立つ。

「チッチモーのしっぽふまないで！」

かすみが俺の足元を指差した。

「あ、ごめん」

慌てて飛び退く。横目で近堂を見ると笑うのを我慢していた。

「……児童相談所の前で見たおじさんは怒ってた？」

「うん」

「それは誰かに向かって？」

「うん」

「他にも人がいたってこと？」

「うん」

岩田は何者かと会話していた。児相前には他にも人が居たのだ。

「何を怒ってた？」

「しらない」

「チッチモーは？」

「チッチモー、おぼえてる？」

チッチモーの記憶はかすみの記憶だ。自分が見た光景をチッチモーの記憶として保存している。

「ついてくるな、だって」

「……ついて来るな？」

岩田は追われていた？

「おじさんと話してたのはどんな人？」

「どんなひとだったっけ？　え？　そっか。かみのけがしろくて、ながくて……」

ずずっ。

元町で聞いた音が思い出された。

まさか。

「……お婆《ばあ》さん？」

「うーんと……うん、だって」

そんなバカな……。

「どうしたの？」

かすみが戸惑っている。無意識にかすみを睨みつけていたようだ。

「……おじさんはそのお婆さんと他にどんなことを話してた？」

「しらないって」

「おじさんとお婆さんがどこに行ったか見た？」

「みてないって」

かすみもチッチモーもそれ以上のことは覚えていないようだ。

白髪《しらが》の老婆……かすみの証言は手がかりになるのだろうか？　老婆が成人男性を拉致できるとは考えにくい。

「娘さんはこう言っていますが、心当たりは？」

静香にも確認した。

「いえ……私は電話をしていましたので」

「他にも誰か居たようです」

「通行人なんて気にして見てません」

取りつく島もない。静香は話をするのも嫌なようだ。得られた情報は有益とは言い難い。仮にその老婆が見つかっても空振りで終わる可能性が高い。

ここまでか……。

「真壁先生」

近堂が目で訴えていた。

そうだった。もう一つ仕事がある。

「そろそろ帰ってよろしいでしょうか」

静香にせっつかれ、近堂が腫物に触るように対応する。

「すみません。まだお仕事中なんですよね」

静香は内職やネットを使ったSOHOなど自宅で完結できる仕事をしている。そう近堂に聞いていた。決して収入は多くないが、かすみと二十四時間一緒にいることを優先しているという。

「病院には行かれていますか」

「え？　いえ、この子は特に持病もありませんので」

「娘さんではなく、あなたが、です。食事をきちんと摂っていますか」

「それは……」

静香は答えに迷っている。痩せ過ぎていることを本人も自覚しているのだろう。

「摂食障害と診断されたことは？」

「私の……体調が……何か関係あるんですか？」

この法医学者はまた自分を蹂躙《じゅうりん》しようとしている——。静香の目は憎悪に近い警戒を示していた。

「かすみちゃん、一緒に遊ぼうか」

近堂がかすみを砂場の隅に連れて行った。

二人が遊び始めたのを確認し、静香に向き直った。

「摂食障害、激昂《げきこう》しやすい性格、眩暈。これらの症状を持つ人間にはある傾向があります」

「……子供を虐待しているとでも言うんですか」

静香はもはや敵意を隠さなかった。

「いえ。過去に虐待を受けた経験があるということです」

「……」

「もちろん、あくまで傾向ですが」

「だったら……だったら、なんだって言うの！」

静香の怒鳴り声がかすみを振り向かせる。娘が見ていることに気づいても静香は喚き続けた。黒須文乃の姿と重なる。

「虐待された人間は自分の子供も虐待する？　どうせ、あなたもそう言うんでしょ！　虐待の連鎖、虐待の連鎖、虐待の連鎖！　いい加減にして！」

「岸谷さん！」近堂が静香に駆け寄った。「真壁先生も私もそんなこと思ってませんよ。大丈夫、落ち着いてください」

「私はかすみのために生きてるの！　こんなに苦労してるのに！　あなた達にかすみは奪わせない！」

「我々は岸谷さんの味方です。かすみちゃんと幸せに暮らせるよう一緒に頑張りましょう」

近堂の声掛けで静香は少し落ち着きを取り戻した。

「……すみません、頭が痛いので帰らせてください」

「ご自宅までお送りします」

「いえ、ここで結構です」

静香は近堂を拒絶し、こちらを睨んだ。

「もう本当にお話しすることはありませんので、これで最後にしてください」

かすみの手を引いて静香は帰って行った。

「真壁先生、どういうつもりですか？」

静香が見えなくなると、近堂が詰め寄ってきた。

「私は虐待の鑑定を依頼したんです。岸谷さんを断罪してほしいなんて言ってませんよ」

「傾向を言ったまでですが」

「あんなこと言われたら誰だって怒りますよ」

「でも、ある程度見えたんじゃないですか。岸谷静香の内面が」

近堂は同意も反対も口にせず、長い息を吐いた。

憤慨したのは近堂だけではなかった。

「バカじゃないの！ どうしていつも絶対やっちゃダメなことをするの！」

アパートに戻ってから小一時間。繭の説教が続いている。

「それに、お兄ちゃん、いつから精神科医になったの！」

「なってません」

「完全に一線を越えてるよ！」

「適当に言ったんじゃない。猟奇殺人者の多くが虐待経験を持っていることは知ってるだろ」

虐待のトラウマが異常性欲や残虐性の発芽となり、猟奇的な殺人に繋がる。よくあるケースだ。親からの身体的虐待はもとよりグロテスクな話を延々と聞かされるなどトラウマの形は多様。中には殺した相手の幻覚に悩まされ、それが次の殺人衝動を生む者もいる。

「殺人鬼と比べてどうするのよ！　バーカ！」

「虐待の調査は殺人事件以上に時間との勝負だ。あの子に何かあってからじゃ遅いだろ」

「あー、嘘くさい。単に脅し上げて、目撃証言を吐かせようとしただけでしょ」

「チンピラのカツアゲみたいに言うな」

藺の態度は気に入らないが、図星ではある。

「親と衝突して虐待を防げるの？」

「まあ、無理だな。虐待をしていようが、親権を行使されたら児相も手を出せない。身体に跡が残らない心理的虐待ならなおさらだ」

「だったら、お兄ちゃんみたいに北風一辺倒じゃ拗《こじ》れるだけじゃない」

「俺が太陽になれると思うか」

「……絶対無理ですね」

「太陽役は児相に任せるよ」

藺は「はっはー」と、わざとらしく笑った。

「で、北風がピューピュー言ってわかったのは、白髪のお婆さんのことだけ？」

「母親も何か知ってるはずだ。怒鳴り声がしてるのに全く覚えてないなんて不自然だろ」

「岩田さんは『ついてくるな』って言ってたんだよね」

「つけ回されてることに気づいたんだとしたら、そいつに拉致された可能性もあるな」

「お婆さんに？」

「娘の見間違いかもしれないが」

「……打ち止めか。警察でもない人間が岸谷さんからこれ以上話を聞き出すのは難しそうだね。誰かさんがピューピュー吹いちゃったから完全防備になってるだろうし」

息子の死をSBSと診断されたことも重なり、静香は法医学者に対する敵意に満ちている。その上、公園での衝突。

エスプレッソを口に含んだ。今日は苦味がきつい。

静香への尋問もどきは状況を悪化させただけかもしれない。結局、心を閉ざされてしまっては警察の尋問と変わらない。が、児相のペースに合わせていたら時間だけが過ぎてしまう。

ふと、気の強さが滲み出た美姫の顔が浮かんだ。

「もっとピューピュー吹いたらどうだ？」

「……何する気？」

「親子分離だ」

「知っていることを話さなかったら、かすみちゃんと引き離すって？　最低！」

「岸谷かすみが母親から精神的圧迫を受けているのはほぼ間違いない」

「それが虐待だと言い切れるの？　どっちみち精神科の領域に入ったら、お兄ちゃんの出る幕はないよ」

「まあな」

モラルとしてもアウトだが、そもそも今の状況で児相が親子分離を決定するのは現実的ではない。

「でも……」藺が独り言のようにつぶやく。「物理的な損傷があれば」

「ん？　岸谷かすみに外傷は見られないぞ」

「かすみちゃんじゃなくて……」

言ってから藺は後悔したように黙った。

「そうか……死んだ息子のSBSが証明されれば、状況が変わる」

「言っておくけど、自分のためにやるべきことじゃないよ！」

「岸谷かすみを救えれば、きっかけなんて何でもいいだろう」

「やっぱり殺人鬼にも恨まれるわ、お兄ちゃんなら。人として終わる前に、清水さんのほうで手がかりを探したら？」

「もう解剖結果は出ているはずだ。これから聞きに行く」

「そっちで何かわかるといいね。心から祈るよ。兄が人でなしになるのを見てられないもん」

4

清水啓介の解剖は予定通り終わっていた。

宇佐美は外出していたので、横居に結果を聞いた。

「忙しいんだけどね」と、大袈裟に嫌な顔をしてから横居は説明を始めた。「結論から言えば、縊死。死亡したのはおよそ八日前だ」

「岩田より先……」

「そうなるな。岩田が死ぬ二日前だ。大雨に長くさらされていたこともあり、外表の状態は良くない。しかし、首の伸び具合や死斑などから死後吊るされっ放しだったと考えられる」

横居はパソコンで作業しながら答えた。

「岩田と同じですね」

「というより、よくある縊死だな」

「自殺だと？」

「断定はできない」

「……何か不審点が？」

「……」

キーボードを叩く横居の手が止まった。

「索状痕にずれがあった」

「……それも岩田と同じ」

「岩田よりもはっきり出ていた。新しいほうの痕は死後しばらくしてからついた可能性もある」

「では、痙攣でずれたわけじゃないですね」

「そうだな。とはいえ、何しろ状態が良くない。風雨も激しかったしな」

「自殺を偽装した可能性は？」

「否定はしないが、判断するのは警察だ。うちからは岩田の時同様、他殺と自殺、両方の可能性を指摘する。薬毒物検査を札幌に出したから、それも待たないと」

一歩前進か。しかし、これで警察が再考するだろうか。他殺だと断定するには決め手が足りない。それに、何者かが自殺を偽装したとすれば、矛盾がある。

「花の件は聞いてますか」

「ああ。教授が念のため確認していたよ。現場周辺に咲いているものらしい。警察は重要証拠とは見ていないようだ」

考え過ぎなのだろうか。自殺を偽装するなら現場にわざわざ花を置くはずがない。

「薬毒物の結果が出るのは？」

「三日程だろうな。まあ、気持ちはわかるが、落ち着いて。真壁先生が焦ったって事態は変わらないよ」

最後までマウントを取りたがるところがなんとも横居らしい。その余裕にもう少し乗っからせてもらう。

「ありがとうございます。お礼ついでにもう一つお願いが」

「珍しいな」

「あちこちにパイプがある先生にならば頼めるかなと」

「なんだ、嫌味か。再就職の口なら……」

「いえ。専門医を探しています」

「……専門医？　何の？」

「ＳＢＳ」

横居が怪訝な表情に変わった。

データをエクセルに打ち終え、凝った首を回す。教室の時計は二十一時を過ぎていた。学生の評価をまとめるのに時間を食ってしまった。

大学の周辺は日が暮れると途端に寂しくなる。大学そばのコンビニに寄り、遅い夕食を買い込んだ。

「先生、コンビニ弁当ばかりじゃダメよ。たまにはちゃんとしたもの食べなきゃ」

店のおばちゃんが袋詰めしながら言った。

「コンビニのオーナーがそんなこと言っちゃダメでしょう」

「オーナーは旦那。全然働かないけどさ。ああ、そうだ。最近、変質者が出るらしいから気をつけるんだよ」

「どんな奴？」

「んー、格好は日によって違うらしいけど」おばちゃんは袋に箸を入れ、差し出した。「はい、ありがとうございます。頭は白髪だって言ってたね」

袋を摑んだ手が固まった。

「白髪？　もしかして女？」

「性別はわかんない。でも変質者って男じゃないの、普通？　まあ、特に悪さをしたってわけでもないんだけどさ。この辺ウロウロしてんだって」

「……」

気にし過ぎか。警察に伝えるべきか。判断がつかない。だが、少なくとも俺の中では白髪の人物が実体を持ち始めている。まるで十六年前、首吊り婆の噂が日に日に広まっていったように。その末に待っていたのは――。

コンビニを出てアパートに向かう。それほど離れていないが、道中は暗く、人もほとんど歩いていない。多少灯《あか》りのある通りを歩き、大学を過ぎたところで路地を曲がった。少し歩くと自宅アパートの前に差し掛かる。

ずずっ。

立ち止まって周囲を見回す。誰もいない。

スマホを取り出し、ネット検索するふりをした。実際はカメラの自撮りモードを起動している。さりげなく顔の辺りまで持ち上げ、肩越しに背後を捉えた。

スマホの画面には自分の肩と丁字路が映っている。今しがた曲がってきた角だ。塀があるため折れた先は見えない。じっと待ちながら周囲にも目を配った。音は背後から聞こえた気がするが、確かではない。

静寂。遠くで車のクラクションやエンジン音がする以外、何も聞こえない。

勘違いか……。変質者の噂話に感化されたのだとしたら情けない。と、スマホを降ろそうとしたとき、カメラのフレーム内で何かが動いた。

……誰だ、こいつは？

塀の陰から何者かが顔を半分出し、こちらを見ている。

逡巡は一瞬だった。最近感じていた視線の正体はこいつだ。袋ごと弁当を投げ捨て、身を翻すや否や人影に走り寄った。人影が塀の陰に引っ込む。

丁字路まで来ると、人影は完全に姿を消していた。乱れた呼吸で舌打ちする。周辺は路地が入り組んでいるため探しても無駄だろう。それでも人影が消える直前、はっきり目撃した。街灯に照らされた白髪を。

突如、手が揺さぶられた。

握っていたスマホが振動している。画面には〈実家〉と表示されていた。電話に出ると相手は驚いた様子だった。留守電になると思っていたのだろう。電話が鳴ることはごく稀で、かかってきてもたいてい出ない。つい出てしまったのは、動揺していたからだろうか。すぐさま後悔した。

『……天。元気か』

おどおどした父の声が苛立ちを増幅させる。

「用件は？」

『その……悪いんだが、また金が必要になってなあ』

父・勤《つとむ》とは長く会っていない。二年前、金の無心をされたのを機に稀にかかってくる電話も無視していた。

「こっちも収入が少ない」

『そうか……そうだよな』

「じゃあ」

電話を切ろうとすると、父が慌てて言った。

『藺とは……会ってるのか』

「あいつが勝手に来る」

『そうか』

それきり父は黙った。唯一の肉親でありながら子供たちと断絶した父。その想いを汲《く》み取るつもりはない。それだけのことをこの父親はしてきたのだ。が、再び電話を切りかけたところで、ふと思いついた。

「ハルの事件ってどうなった？」

八雲を出て以来、一度も帰郷しておらず、さらにハルの記憶に触れないよう距離を置いてきたので、事件後の情報は全く入っていなかった。今も八雲に居る父なら続報を知っているかもしれない。

『……どうにもなってねえよ』

父の声はさらに小さくなった。

「犯人の手がかりも？」

『ああ……十六年経っても、何一つわからないままさ』

「わかった。それならいい」

聞くだけ無駄だった。捜査は何も進展していないのだ。

電話を切ろうとすると、父がぽつりと言った。

『あの婆さんさえ居なきゃな』

「……婆さん？」

ずずっ。

何か聞こえた気がして振り返る。が、人影は戻って来ていない。

『覚えてねえかい。ロープを掛けて回ってた人だよ』

「……」

首吊り婆の噂が広まったきっかけは町の数か所で首吊りのロープが見つかったことだった。ロープはいずれも人目につかない場所に吊るされていて、秘密基地もその一つだった。ロープを掛けた老婆。ハルたちとロープを目撃したあの朝、遠ざかって行った音はそいつだったのだろうか。

「警察は？　そいつが犯人じゃないのか」

『いや。日中は老人クラブに居たらしい。何度も自殺しようとして、その度にあちこちにロープを掛けて回ってたんだと。頭がおかしくなってたんだろうな』

道に落ちている弁当を拾い、アパートの階段を上る。

「そいつは今どうしてる？」

『たしか家族が病院に入れて……そこで自殺した』

父の電話を切ってから、アパートのドアを開けた。

「声聞こえてたよ。電話？　珍しいじゃん」

ソファの背もたれから繭が顔を出す。

「もしかして、カノジョ？」

「違うよ」

「んなわけないか。じゃあ誰？」

「八雲からだ」

繭の笑顔が崩れる。

「……何を話したの？」

「また金の無心だ」

「電話には出ないって言ってたじゃん」

「うっかりしてたんだよ」

弁当をレンジに入れた。中身はぐちゃぐちゃだ。

「出なきゃいいのに」

「だから、うっかりしてたって言ってるだろ」

繭は俺以上に父親を忌避している。

静岡に引き取られた時、父と離れることは何とも思わなかったが、繭を置いていくことには強く反対した。父の藺に対する態度がどんどん冷たくなっていたからだ。了承させたのは、他ならぬ藺だった。

――私は大丈夫。でも、お兄ちゃんはこのままじゃダメだよ。ここを離れれば元気になるかもしれないでしょ！

近所に住む叔母《おば》に藺のことを頼み、静岡に移った。本人が語らないため、その後、藺と父の間に何があったかは知らない。心配は消えなかったが、電話をする度に「バーカ」と言って笑う様子に安心した。

藺が中学生になると、たまに静岡までやって来ることもあった。会う度に大きくなり、生意気さにも磨きがかかっていった。大学に入る頃には奨学金やアルバイトで自立していた。事あるごとに兄のプライベートを侵犯する鬱陶しい存在になっていったが、安堵もしていた。

レンジが鳴った。

「なんか長々と話してたみたいだけど？」

藺の機嫌は直っていない。

「ハルの事件について聞いてたんだ」

「……ハル君の？」

「お前は何か知ってるか」

「何も」

藺の隣に座り、弁当を広げた。

「些細なことでもいい」

「知らないよ。私だって思い出したくないんだから」

と、藺はふくれた。

無理強いはできない。藺にとってもハルは親しい存在だったのだ。

「首吊り婆のことは?」

「お兄ちゃんのほうが詳しいんじゃないの?」

「子供をさらって首を吊る老婆。その他に特徴はあったか」

「え……確か、うまく逃げられたとしても、ずっと追って来るんだよね」

ずっと——?

弁当を食べる気が失せる。

「どうしたの?」

「事件はまだ続いているのかもしれない」

「……なにそれ」

「尾行されてる」

「お兄ちゃんが？　誰に？」

「さあ。白髪ってことしかわからない」

「もしかして、それが首吊り婆だって言ってんの？　ハル君の次はお兄ちゃんを狙ってるって？」

藺は噴き出し、肩を叩いてきた。

「やめろ！　弁当がこぼれる！」

「だって笑えるんだもん！」

「首吊り婆に尾行されたなんて言ってない。ただ、どうしても今回の事件とハルの死が関係ありそうな気がするんだ」

すっかり食欲がなくなり、弁当をローテーブルに置いた。

「首吊りに花。人が通らない山林。気のせいで済ませるにはシチュエーションが重なり過ぎている」

「うーん、でもなあ。花はお兄ちゃんが気にしてるだけだし」

藺は腕を上げ、伸びをした。

「目撃情報とかは？」

「今のところ犯人らしき人物はおろか、死亡当日の岩田と清水も目撃されていない」

「そこは警察に任せるしかないね」

「不安だな。きちんと動くかどうかも怪しい」

「くれぐれも警察とは喧嘩《けんか》しないように。小野田刑事とも」

「あの女刑事は手柄を立てたくてウズウズしてるんだ。法医学者と喧嘩したぐらいで捜査の手を抜くことはないさ」

「なんで喧嘩する前提でいるのよ。いい加減、デリカシーと気遣いを学びなさい」

「……今日は疲れたから寝るぞ。お前、今日もソファでいいのか」

「えー、お兄ちゃん、一緒に寝たいの？」

やはり気遣いなんてするもんじゃない。

徒労感を抱きつつベッドに入った。


気づくと、夜のキャンパスを歩いていた。銀杏《いちょう》の並木通りが門まで続いている。門の側《そば》まで来ると違和感のある花壇が目に入った。こんなところに花壇なんてあっただろうか。花壇にはコスモスが咲いている。が、キャンパス内でコスモスを見た記憶はない。

不審に思い、近づくと急に息が詰まった。苦し紛れに首を押さえる。ロープの感触。どんどん首が締まっていく。ロープの内側に指を入れ、隙間を作ろうとするが、締まりがきつく、首を引っ掻くことしかできない。

ぐうううう。

自分のものとは思えない声が喉の奥から出た。地面の感覚が消え、身体が引き揚げられる。意識が薄れる。見上げると、木の枝に人影。老婆だ。ロープを引っ張っている。

力が抜け、手足がだらんと垂れ下がる。ロープの軋《きし》む音に合わせ、体が振り子のように揺れる。身体中の穴という穴から体液が絞り出されるのを感じながら、死の絶望に飲み込まれた。

「がはっ」

ベッドから跳ね起き、激しく咳《せ》き込んだ。着ているTシャツは水に飛び込んだかのように汗で濡れている。

着替えて再び横になるが、神経が高ぶり、眠ることができない。仕方ない、と吐き出し、寝室を出る。

ソファで寝ている藺を起こさないようキッチンに入った。棚を開ける。睡眠薬。頼るのは久しぶりだ。水で飲み込む。ここ数日、自覚している以上に精神的な負荷がかかっているようだ。

兄の焦りをどこまで理解しているのか、繭の寝顔は小学生の頃と変わらない呑気《のんき》なものだった。

5

法医学教室で地図アプリと格闘していると、青山が寄ってきた。

「そこ……発見現場の辺りですか」

「ああ。写真はここまでしか出ないな」

道沿いの写真が見られるストリートビューで岩田と清水の現場を確認しようとしたが、現場に続く山道には入っていくことができなかった。

「そりゃ、そうですよ。ストリートビューは撮影車両が走りながら写真を撮ってるんですから。車の入れない道は無理です」

「そうみたいだな」

パソコンのブラウザを閉じる。

清水の車も岩田同様、死体発見現場の近くで見つかっている。しかし、清水本人の目撃情報は出ていない。

岩田と清水は方角こそ違うが、函館市内から離れた地域に住んでいた。死体が発見されたのは、どちらも彼らの自宅から函館市内への道中。走行車のナンバーを読み取るNシステムが行き届いていないエリアだ。

「市内を出たら取り締まりのカメラも無いですからね」

青山が唸《うな》るように言った。

「青山はここが地元だよな。現場付近には詳しいか」

「ドライブやサークルの旅行で通ることはありますけど。日中でさえ車通りはほとんどないですし、夜は真っ暗ですからね。目撃者は期待できないと思いますよ」

「そうか」

目撃情報が出ないとしたら他に手はあるのか？

教科書を手にする。実習の時間だ。

「真壁先生」

廊下に出ようとすると、青山に呼び止められた。

「あまり背負い込まないほうがいいですよ。被害者と言っても、子供を虐待するような奴らだったんですから」

「……」

「……あ、すみません。失言でした」

青山にしては珍しい。いつも人を食ったような飄々《ひょうひょう》とした男がわずかに感情を覗かせていた。

「気にするな」

青山なりに気を使ってくれているのかもしれない。情けないと思いつつも八方塞がりだった。

実習中も意識は事件に向かう。度々上の空となり、学生たちに白い目で見られた。玉突き事故のように状況が悪化していく。

「くそ」

法医学教室に戻る廊下で一人つぶやくと、ポケットのスマホが振動した。

またか──。しつこい父親に腹を立て、着信拒否しようと取り出す。スマホの画面には〈函館児童相談所〉と出ていた。

『児童相談所の近堂です。今、お電話よろしいでしょうか』

近堂の声は落ち着いていた。

「五分程なら」

『岸谷かすみちゃんの鑑定について今後の方針を伺いたいのですが』

「方針ですか……」

近堂には臨床法医を建前に、岸谷母娘へ取り次いでもらっていた。その結論はまだ下していない。

「岸谷静香が精神的に不安定であり、娘を過度に束縛していることは明らかです。しかし、虐待の断定はできません」

『やはり外傷が無い以上、臨床法医の対象ではなかったですね』

「まだ結論を出す段階ではありません。SBSの件も事実関係が明らかになっていない」

『我々がケアするのは、かすみちゃんとの関係です』

「しかし、岸谷静香がSBSにより息子を死亡させたとなれば、娘は保護されますよね」

『……断言できませんが、親子分離の方向で進めるでしょう』

SBSこそが岸谷静香のアキレス腱《けん》だ。かすみの解離症状を隠したがったのも息子の死を巡る裁判に悪影響を与えたくなかったからだろう。

「もし、裁判で有罪になれば、岸谷静香の処遇はどうなりますか」

『岸谷さん側の出方にもよりますが、控訴、保釈となっても子供は保護の対象になります。黒須文乃の場合と同様です』

「黒須文乃はどのくらいで保釈されたんですか」

『二週間前ですから逮捕から数日でしょうね』

ということは、清水啓介の失踪以前。たった二週間前か……。研究に打ち込んでいた日々が懐かしい。

『しかし、ご主人とは離婚し、子供とも会っていないはずです』

「一応の制裁は受けていると」

『制裁はこれからですよ。まだ裁判も残っています』

文乃のような事態に陥ることは静香にとって耐え難いものだろう。ＳＢＳは北風のこれ以上ない武器になる。あとは太陽を説得するだけだ。

「岸谷母娘の鑑定はＳＢＳの疑いと切り離せません。札幌の法医が詰め切れていない点がないか、こちらでも確認します」

『ですが……』

「すでに手配は済んでいますので、今日中には報告できます。ただ、岸谷静香本人とも話をさせて欲しい。これは後日で構いません」

『……わかりました。ご報告をお待ちしています』

　これでもう一度、静香と接触する機会ができた。他の目撃情報が期待できない以上、あの母子から何かしら引き出すしかない。かすみの解離症状に息子のＳＢＳ。同時に突きつけ、静香に洗いざらい喋ってもらう。

　法医の一線を越える行為――。しかし、越えなければ法医でいられなくなってしまう。状況を打破するには、やむを得ない選択だ。

　――最低。

　耳の奥で繭の声がした。

　近堂とは十九時に会う約束をしていた。児相に少し早く着くと、もぬけの殻となった職員室の応接セットに通された。

　待っていると職員らしき二人組の足音がした。応接スペースは周囲から衝立《ついたて》で遮られているため職員たちの姿は見えない。向こうもこちらの存在には気づいていないようだ。

「またやりましたよ、あいつ」

一人が小声で話し始めた。

「近堂か」

「よくわかりましたね！　今日のチーム協議で保護を押し通したんですよ」

「昨日は二件だよ。助言で済ませろって言っても理解できないんだな、新人は」

「すでにパンク状態なのに、これ以上増やしたら皺寄《しわよ》せが来るのはこっちですよ」

児童福祉士の中には虐待の可能性があっても児童を保護せず、親への助言で済ませたがる者もいる。誠意や情熱では捌《さば》き切れないマンパワーの限界が根底にある。

「この前なんて、泣き声通報は優先度下げていいって教えたら、筋が通らないって反論されちゃって」

「新人にも裁量を与えるのは考えもんだよな」

「所長は気に入ってるみたいですけどね」

「あいつと同時期に配属された榎本《えのもと》さんだっけ？　あの子もこのままじゃパンクして潰れちまうぞ」

たしか近堂が児相に配属されたのは今年の春頃。わずか半年で先輩たちに疎まれるとは近堂も周囲との軋轢《あつれき》を気にしない性質なのかもしれない。陰口を叩く職員たちの顔に横居の顔が重なる。

「近堂もあの調子じゃ一年後にはいないさ。まあ、道庁に戻れるから気ままなもんだ」

「それに、あいつん家《ち》すごい金持ちらしいですよ」

「そうなの？」

「親が道内全域で手広く商売しているとか。ペットショップだったか、葬儀屋だったか」

「ペットショップと葬儀屋じゃ全然違うじゃねえか」

「どっちにしても金持ちエリートの気まぐれなんですよ、ここでの仕事なんて」

約束の時間になった。

「お疲れ様です」

近堂の声だ。

「おう、お疲れ」

「あんまり根詰めるなよ」

職員たちは何事もなかったように声をかけ、世間話に切り替えた。

「真壁先生、お待たせしてすみません。あちらの部屋でお願いします」

近堂が衝立から顔を出した。職員たちの会話がぴたりと止まる。近堂に続いて、応接スペースを出た。陰口職員たちは白々しく書類に目を通すふりをしている。そんな同僚を見向きもせず、近堂は颯爽《さっそう》と歩いていた。これまで岸谷母娘とのパイプとしか見ていなかったが、近堂も日々戦っているのだろう。

これからする報告をこの男はどう受け止めるのか。胸にさざ波が立った。


相談室に通され、机を挟んで近堂と向き合った。

「ご報告はまだ先だと思っていました」近堂はファイルとメモを机に広げた。「早速ですが、お願いできますか」

「僕からは言えません」

「……どういうことでしょうか？」

「報告の前に、近堂さんは岸谷静香の息子についてどう考えていますか」

近堂は数瞬を置いた。

「もちろん、裁判の結果に従うしかありません。ただ……私はここに来て虐待する親たちを大勢見ました。その素顔は私達に見せる顔と必ずしも一致しない。そういう意味では、岩田さんのようなタイプは扱いにくい反面、わかりやすいんです」

「やりそうな奴がやっているわけですからね」

「ええ。保護も迅速に進みやすい。でも、問題なさそうに見える親子の間で凄《すさ》まじい虐待が行われていることもあります。そうなると発見が遅れ、最悪、命に関わる」

「岸谷静香はどちらだと？」

「現状では何とも。でも、先日、真壁先生に激昂した姿を見て、正直驚きました。面接では母娘揃って大人しい印象でしたから……ですから、かすみちゃんに対してのものでなくても精度の高い物理的なデータや検証が出るのは意味があると思います」

ドアがノックされた。

「……はい？」

近堂が話を中断し、ドアを開ける。廊下に横居が立っていた。

「横居先生！　どうされたんですか」

「私はただの付き添いです――どうぞ」

横居に促され、四十代半ばの男性が姿を見せた。

「中央病院の竹原《たけはら》先生です」

「竹原です」

竹原の一礼に、会釈を返し、状況を摑みかねている近堂に言った。

「竹原先生は脳神経外科の専門医です。岸谷静香の息子、良平《りょうへい》の脳画像を診断していただきました。画像は札幌から取り寄せたものです」

「真壁先生の無茶を快諾していただきましたよ」

横居がニコリともせず口を挟んだ。

「いや、貴重な機会ですからね。光栄ですよ」

竹原が笑う。

「ええと……つまり、今日は竹原先生にお話しいただくということでしょうか」

三者の顔を見回す近堂に答える。

「そうです。法医にSBSを診断する資格は無いので」

「それは極論だが」

と、横居は吐き捨て、椅子に座った。

「……説明を始めてもいいですか」

竹原も俺と横居の関係性に感づいているようだ。

「お願いします」

竹原は頷き、鞄から写真と資料を出した。

「SBSの根拠となるのは、硬膜下血腫、眼底出血、脳浮腫。外表に打撲跡が無いにもかかわらず、これら三つの兆候が見られる場合、何者かが故意に強く揺さぶったと疑われます。しかし、それがまた問題で……打撲跡がつかないような衝撃でも乳幼児の頭部にはこれらの兆候が出る場合もあるのです」

横から補足する。

「これまでは三兆候が見られたら、ただちに虐待と認定されていた。最近は竹原先生のような脳神経外科医たちの働きかけでSBSの三兆候が科学的根拠に欠けると周知されてきている。岸谷静香の裁判が慎重になっているのもそのためです」

竹原は脳画像の写真を近堂に見せた。

「そうです。さらに岸谷さんの事件は、診断に大きな瑕疵《かし》があります。裁判では三兆候の一つ、脳浮腫をびまん性軸索《じくさく》損傷だとしています。揺さぶりによって脳神経が広範囲で切れたということです。しかし、揺さぶりで、びまん性軸索損傷が起こることは考えにくい」

「脳の専門医なら誰しも疑う症状であるにもかかわらず、裁判に立った小児科医と法医はSBSと診断した」

メモを取っていた近堂のペンが止まった。

「ちょっと待ってください。真壁先生も竹原先生の診断に同意しているんですか」

「当然です。脳の専門医でもない人間が診断を下すほうがおかしい」

「では、岸谷静香さんは無実だと?」

「少なくとも有罪とする根拠はありません」

「……わかりました」

それから竹原は診断の詳細を一通り説明し、横居と共に帰って行った。

「すみません、私はてっきり……」近堂が資料を仕舞いながら言った。「真壁先生は岸谷さんを有罪に持っていきたいのかと思っていました」

「法医の仕事は客観的事実の摘出です」

「そうですよね。大変失礼しました」

「……正直に言うと、岸谷静香にSBSの件を突きつけるつもりでした。事実がどうであれ触れられたくない部分でしょうから」

「でも、そうしなかった。なぜですか」

しっくりくる答えは持っていなかった。代わりに思い浮かんだことを口にする。

「妹に公園での話をしたら、こっぴどく叱られまして。まだ学生なんですが、うるさくて困ってます」

「妹さんが？　おいくつですか」

「四つ下です」

「すごい妹さんですよ。真壁先生を心変わりさせるなんて常人にはできません」

「そんな大した話じゃないです」

　恥ずかしくなり、席を立った。他人と家族の話をすることなどない。繭に興味を持たれたのかと思うと、途端に近堂が煩わしくなった。

　親バカならぬ兄バカか……。恥ずかしさが増し、急いで児相を出た。


　翌朝の解剖は横居の補助だった。教室で待機していると、いつものように横居が遅れ気味で出勤して来た。

「昨日は……ありがとうございました」

　後でネチネチ言われるのが嫌なので礼を言った。我ながらぎこちない。横居も仏頂面を緩めなかった。

「……仲介はしたが、よその医師に診断を投げるのは法医としていかがなものかねえ」

　横居が脳神経外科医を紹介してくれるか否かは五分五分だった。結局、人脈自慢のオマケ付きで竹原を紹介してくれたが、まさか俺が竹原の見解を丸飲みするとは思っていなかったのだろう。

「裁判所も法医の仕事場だ。昨日の言動は職場放棄にも取れる」

「完璧にできない仕事を引き受けるのはプロと言えないでしょう。ましてや人間の一生を左右する場では」

横居は鼻で笑った。

「真壁先生がこんなことするとはね」

6

大学のキャンパスは昼休みの医学生たちで賑わっている。

その喧噪《けんそう》から離れたベンチでコンビニ袋からサンドイッチを取り出した。昼食はここで、と決めている。

近堂への報告はあれで良かったのか――。

脳神経外科医の竹原にはSBSの裏付けを求めていた。静香を脅す材料を。しかし、竹原の診断は期待と逆だった。当然、その可能性も考えていたし、そうなれば竹原の診断は無視するつもりだった。

が、結果は追及の糸口を自ら手放した。そのせいで今後は警察の捜査を待つしかない状況になってしまった。

本当に判断は正しかったのか――。法医の道を諦めるのか――。

笑い声が響いた。見ると、脇の小路を女子学生のグループが歩いていた。

思わず舌打ちする。

グループの中に繭が混ざっていたからだ。繭は俺に気づくと、学生たちに一声掛け、こちらにやってきた。

「今日も暗いぞ、青年」

「潜り込むのはやめろと言ってるだろ」

繭がうちの大学の講義にこっそり潜入しているのは知っていた。しかし、友達まで作っていたとは。

「バレたら俺の立場も悪くなるんだぞ」

「とっくに立場なんて無いくせに」繭はベンチの隣に座り、パックの野菜ジュースにストローを差した。「あれ？　暗いけど、少しすっきりした顔をしてますねえ」

繭に顔を覗き込まれ、視線を逸らす。児相でのことは話していない。

「打つ手が無くなったからな。開き直って論文に集中するよ。それでダメならフリーターにでもなるさ」

「お兄ちゃんなら臨床医でもやっていけるんじゃないの？」

「簡単に言うな」

「なんで法医にこだわるわけ？」

「……」

医学生は様々な専門分野を学びながら進む道を探る。しかし、俺は初めから法医になることしか考えておらず、研修医の時点で法医の必要資格を取得した。二十代で法医になれたのは単に他の選択肢を持たなかったからだ。

「……理由なんてないよ」

「ねえ……いくら死体の知識を増やしてもさ。法医学の大先生になってもさ。ハル君の事件は解決しないよ」

藺は静かに言って、ストローをくわえた。

この話は続けたくない——。

すると、誤魔化すのに好都合なものが目に入った。庭園の向こうから近堂がやって来る。

「真壁先生。おそらくこちらだと院生の方に伺いまして」

「そうですか……」

返事が適当になったのは、近堂の背後に気を取られていたからだ。岸谷静香とかすみが寄り添っていた。

「真壁先生、この度はありがとうございました」

静香は深々と一礼した。

「竹原先生の診断を札幌に送りました。どこまで裁判に影響するかはわかりませんが、少なからず意義はあると思います」

そう近堂が言う隣で静香は頭を下げたままでいる。

「先日は大変失礼なことを言ってしまい、申し訳ございませんでした。私、法医学者の方々は……その……」

「全員敵だと思っていた」

静香が言いにくそうなので代弁した。

「有罪の立証は法医の仕事ではありません。死体に何が起こったかを解明するだけです。別に特別なことではありませんので頭を上げてください」

「ありがとうございます」

静香はゆっくり頭を上げた。

「かすみ、チッチモーと遊んでて」

「うん」

かすみは屈み、鞄からキラキラ光るシールを出した。

「チッチモー、ごはんですよ」

パンの絵が描かれたシールを石に貼り、隣に置いた。どうやらチッチモーが食べているらしい。

かすみが遊び始めたのを確認して、静香が歩み寄ってきた。

「本当に先日は申し訳ございませんでした」

藺に脇を肘打ちされ、ベンチから立ち上がる。

「ですから謝罪は不要です」

「いえ、真壁先生の仰るとおりなんです……」

「……というと？」

「私は父から虐待を受けていました」

覚悟を決めた目だった。

「……虐待の連鎖をずっと恐れていました。自分も子供たちに酷いことをしてしまうんじゃないかと……。気をつけていたのに、良平があんなことになり、かすみにも……」

「娘さんに外傷は見られませんが？」

「はい、手を上げたことはありません。ですが、真壁先生がお気づきになったとおり、私はこの子を雁字《がんじ》搦《がら》めにして……どんなにストレスだったか……でも、この子まで失ったら私は生きていけない……このままじゃいけないのはわかってるんです……だけど……」

静香はかすみを見つめ、声を詰まらせた。その胸を占めているのはエゴと愛、どちらなのだろうか。

「ねえねえ、お姉ちゃんも混ぜて」

繭が屈んで、かすみに話しかけている。

チッチモーの尻尾を踏んで怒られるかと思ったが、かすみは石にシールを貼るので忙しいようだ。

「おい、これは仕事だぞ」

繭を追い払おうと近づいた。

「チッチモーのしっぽ、ふまないで！」

「あ、ごめん」

慌てて足をどけると、繭がケタケタ笑った。近堂も今回は笑いを堪えない。

「繭、お前、もう帰れ」

「だあれ？」

かすみが俺と繭を見比べて聞いた。

「妹だよ」

「じゃあ、せんせいたちもおきゃくさんね」

「いや、先生は遊ばないんだ」

断ろうとすると、繭に腕を摑まれ、強引に屈まされた。示し合わせたかのように、かすみが前に石を置く。

「はい、せんせいのぶん。マユちゃんのぶん。チッチモーのぶん」

かすみは繭の前にも石を置き、チッチモーがいるらしい場所にも置いた。どれもキラキラシールが貼られている。

静香の視線が気になったが、渋々遊びに付き合う。

「これが……ドーナッツ？」

「チッチモーはキラキラしたものがすきなの。だからドーナッツもキラキラ。きょうはおきゃくさんがいっぱいだから、いそがしいですねえ」

普段、四人で遊ぶことなどないのだろう。かすみは張り切って石のおかわりを作っている。

「お兄ちゃん、かすみちゃんはきっと大丈夫だよ」

藺が囁いた。口元は微笑んでいるが、目は真剣だ。

「ごっこ遊びは子供が見ている世界の再現なの。こんなに楽しそうに遊べてるんだから、かすみちゃんは世界を明るいものだと肯定している」

言われてみれば、かすみの目はシール以上にキラキラしていた。その分、かすみの腰と紐で繋がれたまま寝そべっているクマのぬいぐるみに違和感がある。

「そのクマ、好き？」

聞くと、かすみの表情がわずかに曇った。やはり、このぬいぐるみは重い鎖となっているようだ。

「遊ばないなら誰かにあげたら？」

「え？」

かすみは驚いたように俺を見た。

「そういえば、これを欲しがってる子がいるんですよね？」

と、静香に振る。もちろん作り話だ。

静香は戸惑ったように口を開いた。

「ええと……それはお守り替わりで……」

「チッチモーがいるじゃないですか」

「うん、チッチモーはかすみがあぶなくないようにまもってくれるんだよ！」

かすみが満面の笑みを取り戻す。

静香の目に涙が浮かんだ。

「……そう。そうだったわ。かすみ、クマさん他の人にあげてもいい？」

「え？　う、うん……」

静香はそっとかすみを立たせると、ズボンのベルト通しに結ばれた紐をほどいた。

かすみは不思議そうに見ていたが、紐から解放されると、庭園を駆け回り始めた。

「かすみちゃん、あんなに活発な子だったんだなあ」

近堂がつぶやいた。

岸谷母娘が抱える問題はそう簡単に解決するものではない。だが、法医にできることは限られている。あとは近堂の仕事だ。

「もしかして、妹さんですか」

近堂が微笑《ほほえ》んだ。

「え、ええ……」

急に汗が噴き出てきた。繭は屈んだまま会釈し、戻って来たかすみに視線を戻した。

近堂はまだニコニコしてこちらを見ている。

こいつ、もしかして藺に……。

妹の反応を横目で窺う。藺は近堂に興味がない様子だ。少しほっとする。

……どうして、ほっとしてるんだ。馬鹿らしい。藺から恋愛話を聞いたことはないが、二十四歳ともなれば恋人が居てもおかしくない。兄がいちいち気にすることではないだろう。

「真壁先生、もう一つ謝らなければいけないことがあるんです」

静香が話しかけてくれて助かった。近堂の話をはぐらかせる。

「ですから、もう謝罪は……」

「岩田さんの件です」

緩みかけていた空気が張り詰める。

「何か御存知なんですか」

「すみません……裁判のことがあるので、できるだけ関わりたくなかったんです」

「構いません。知っていることを教えてください」

「岩田さんという人については電話をしていたのでわかりません。それは本当です。ただ……あの時、車が停《と》まっていたんです」

「児相の前に？　車内を見ましたか」

「人が乗っていたのはなんとなく見えましたが、どんな人かは……」

岩田の車か？　それとも――。

「娘さんとその話は？」

「いえ。その時は、ぼーっと見ていたかすみを無理に引っ張って泣かせてしまって……それもあって黙っていました。すみません」

かすみは「おかたづけ」を連呼しながら石からシールを剝がしている。

その目線に腰を下ろした。

「チッチモーに聞いてほしい。白髪のお婆さんは車に乗ってたの？」

「うん、だって」

即答だった。

首吊り婆と車――。イメージが結びつかない。

「車種やナンバーは覚えてますか」

再び静香に尋ねる。

「いえ、ナンバーは見ていませんし、車には詳しくないので……。普通の乗用車で色は緑だったと思うんですが」

「警察に証言してもらえますか」

静香はかすみに目を落とした後、「はい」と頷いた。

7

午後のブリーフィングは想定よりも時間がかかってしまった。大学を出られたのは十六時。正門の前で通りかかったタクシーに滑り込んだ。

「厚沢部《あつさぶ》のかい？」

「六七号のほうまで」

中年のタクシー運転手が訝しがる。

「帰りも乗るので、着いたら少し待ってもらえますか」

「それがいいね。あの辺りはバスも通らないから。でも、あまり待てないよ」

「ちょっと探し物をするだけです。時間はかかりません」

「そう……今からだと日が暮れるよ」

運転手は少し不安げに発車した。

こんな時間に遠出するのには理由がある。静香に車の情報を聞いてすぐ警察に連絡した。美姫が不在だったため電話に出た刑事に車の特徴を伝えたが、刑事は興味を示さず、機械的に処理しようとした。さらに捜査の進展状況を尋ねると、「部外者には教えられない」の一点張り。美姫に言われているのかもしれない。

本当に部外者ならばどれだけ楽か――。しかし、それをはっきりさせるピースはまだ揃っていない。警察が排除するなら自分で調べるしかないだろう。

タクシーは市内を出て北斗《ほくと》市に入った。かつての大野《おおの》町が近隣の町と合併して市になったが、今でも付近の地名や学校名には大野の名称が残っている。

十五分もすると道路の幅は狭まり、両脇が木々に覆われ始めた。セメント工場や変電所を過ぎた辺りからは街灯が全く無い山林となった。

「ここから先は真っ暗になるから急ぐよ」

タクシーは北斗市を抜け、厚沢部町に入った。もともと人がいない山間である上に函館も北斗も厚沢部も長年人口が減り続けている。国道や道道ですら、すれ違う車はごく少数だ。山道に入れば、死体を持って移動しても目撃されることはまずないだろう。

「もうすぐだよ」

さらに三十分走らせたところで運転手が言った。

前方から道道六七号の標識が近づいてくる。

「町と逆のほうへ向かってください。トンネルを抜けると左折できる道があるはずなんですが」

「道道から外れるのかい？　ちょっと危ねえなあ」

「行けるところまででいいです。待っててくれれば」

すぐに小さなトンネルが現れた。抜けると、周囲の山林がより圧迫感を増した。左手に車一台やっと通れる程度の細い山道が見えた。

「ああ、悪いけど、ここは入れねえかなあ。ナビにも出てこない。行き止まりになってたらバックで帰んないといけないから」

「では、ここで」

山道の入口で降り、緩い坂を上がった。木々の中を十分ほど歩くと虫の音しか聞こえなくなった。

さらに歩くこと五分。現場に着いた。鑑識が歩き回った跡がある。右手の茂みに周囲と比べて比較的太い木が立っていた。ここに岩田信二郎が吊るされていた。茂みと木しかない状況が八雲の秘密基地を思い出させる。

解剖室で岩田の死体と対面した後、現場写真も確認している。岩田の足元に花は無かった。しかし、発見前日に降った雨で流された可能性もある。もし、岩田の現場にも花が置かれていたとしたら——。

日が落ちかけている。持ってきた懐中電灯を点け、岩田が吊るされていた木の周囲を照らしながら歩いた。

ぴしり。

遠くで小枝の折れる音がした。誰かが枯れ枝を踏んだのか。塀の陰から覗く白髪頭がフラッシュバックする。振り払い、探索を再開したが、探し物は見つかりそうもない。

ぱきっ。

また枝を踏む音。気のせいではない。遠くから聞こえた気もするし、すぐ近くで鳴ったようにも感じる。

「真壁先生」

聞き覚えのある声だった。

茂みから出ると、山道を美姫と刑事らしき中年男が上がって来ていた。

「まさか、つけてたわけじゃないですよね」

驚かされた腹いせに、美姫たちへ懐中電灯を向ける。

「とんでもない。周辺の捜索をしていたんです。収穫はナシでしたが、この下で先ほど不審なタクシーが見つかりました」

「客を待っていただけで職質されるとは、運転手も災難だな」

「函館医大の前で乗せたと聞いたので、乗客が誰かすぐわかりましたが」

「で、わざわざ御足労を？　ここはもう規制していないでしょう」

美姫は上っ面の慇懃《いんぎん》さを引っ込めた。

「すみません。はっきり言わないとわからないようなので申し上げます。探偵ごっこはやめてください。近堂さんにも色々やらせたらしいじゃないですか。法医の立場を利用して児相の職員を動かすのは問題なんじゃないですか」

静香の件は伝わっているようだ。

まあまあ、と男性刑事が取りなした。

「児島《こじま》と言います。真壁先生だと確認できたので、これにて失礼します」

「しっかり釘《くぎ》を刺さないと、この先生、まだ探偵ごっこを続けますよ」

美姫は不満を隠さない。

「小野田、口に気をつけろ。先生、大変失礼しました。こいつも悪気はないんです。功名心が過ぎるところもあるんですが」

「児島さん！」

「実は、岩田を解剖に回させたのもこいつなんです」

「……え?」

思わず美姫を見た。

ふてくされたような美姫の横で児島が笑う。

「ご存知のとおり、こいつ、岸谷母子の証言にやたら食いつきましてね。自殺で済ますわけにはいかないと。おかげで鑑識の連中と軽く揉《も》めてます。熱意は保証しますんで、許してやってください」

美姫は諦めたように溜息をついた。

皮肉なものだ。岩田が解剖されず、自殺で処理されていたら、今頃、俺は冤罪を生んだ法医として糾弾の真《ま》っ只中《ただなか》だっただろう。俺の首の皮を繋げたのは、まったく非協力的なこの女刑事だったのだ。

平身低頭する児島に倣い、美姫も渋々ながら頭を下げた。とても謝る態度には見えないが、腹は立たなかった。もし、自分が美姫の立場だったら同じことができるだろうか。美姫も近堂も組織と信念の間で折り合いをつけている。ほぼ同世代の彼女らを見ていると自分が幼稚に感じられた。

「許すも何も。僕はそんな立場にいません」

こちらも一歩引かざるを得なかった。児島の老練さにやられた気がする。

「ところで先生、何を探していらっしゃったんですか」

児島が辺りを見回した。

返答を迷ったが、目的のものが見つからない以上、この二人に尋ねるべきかもしれない。言いあぐねていると、美姫が先に口を開いた。

「もしかして、リンドウですか？」

「……リンドウ？」

「清水の足元に落ちていた花です。気にされていたそうですね？」

現場写真で見た青白い花。あれはリンドウだったのか。

「さすが、刑事さんですね」

なんだか犯行を見破られたようなバツの悪さがあった。虐待を暴かれた親たちもこんな心境だったのだろうか。

「なぜ、リンドウを？」

児島が柔和に尋ねる。が、視線は刑事のそれに変わっていた。

「清水だけでなく、岩田の足元にも花が置かれていたとしたら、二人の死は関連していることになる」

「そのためにわざわざ来たんですか？」

美姫は露骨に疑念をぶつけてきた。自分でも言い訳が苦しいと思う。だが、ここでハルの事件を明かせば、自分にいらぬ疑いが向いてしまう。たかが仮説のためにこれ以上立場を悪くしたくない。

「それで、見つかりましたか」

児島が助け船を出してくれた。

「いえ……」

「我々も現場はくまなく調べています。ここにはリンドウも他の花も落ちていませんでした。この辺りは平らですから雨に流されたとも考えにくいでしょう」

「ですね」

「それに清水が発見された現場の周りにはリンドウが咲いていました。清水自身が千切ったとしても、それほどおかしくないと思いますが」

反論できない。ここまでの道中でも何度か足を野草に引っ掛け、千切っている。それにハルの下に置かれていたのはコスモスだ。やはり関係ないのだろうか。

「ですが、進展はありました」

児島が唐突に言った。

「児島さん！」

美姫が児島を睨む。

「いいだろう。捜査を続けられたのは宇佐美教室のおかげなんだから。それに、先生にはまだこの事件でお世話になるかもしれない」

解剖で他殺の可能性を示唆したのは無駄ではなかったようだ。

「進展というのは？　目撃者が見つかったんですか」

「んー、どちらかというと逆ですね。目撃されていなかったんです」

「どういうことでしょう？」

「大雨の前日、ここを通った人がいたんですよ。山菜取りに来た夫婦なんですが」

「……その頃にはもう岩田は死んでいたはずです。どうして通報しなかったんですか」

岩田の死体が発見されたのは大雨が降った日の翌日だ。

「その夫婦は何も見ていないそうです」

「見ていない？　首吊り死体が目に入らないとは考えにくい」

「同意します。なので、死体は無かったのかもしれません」

「……」

混乱しかけたが、考えられる理由は一つだ。

「つまり、岩田は別の場所で殺され、その後ここに運ばれたと？」

「可能性はあります」

そうなれば、自殺の線は消失し、索状痕のずれも説明がつく。清水も同様に殺され、運ばれたのだろう。

「なるほど……もっと早く教えて欲しかったですね」

と、美姫を睨んだ。先ほどの感謝はあっさり消えた。

美姫も睨み返してきた。

「もちろん、必要な情報はいつでも提供します。解剖結果が修正されるような重大なものであれば」

お前はそれで死因を修正するのか――。と、美姫は暗に突っついている。確かに、これで岩田の死亡時刻や死因が変更されることはない。法医の出る幕ではないと言いたいのだろう。

「それで真壁先生、花を探していた本当の理由は？」

さらに美姫が詰めてきた。しつこい。つくづく負けん気の強い女だ。さて、どうしてくれよう。

車通りが皆無でもパトカーは制限速度を守るんだな……。後部座席でぼんやりと思った。

「十六年前の未解決事件と似ている、か」

助手席で児島が腕組みをして言った。

「その友達が自殺した可能性は？」

運転する美姫がバックミラー越しに聞く。

刑事相手に隠し事はできない。パトカーで大学まで送られる道中、八雲の事件をすっかり白状させられた。

「警察はそう考えたみたいですが、日頃のアイツを知る人間からすれば、それはあり得ない。明るくて、リーダー格で、自殺するようなタイプじゃなかった」

断言する一方で母親に叱責されるハルの姿を思い出していた。ハルが自殺するはずはないと信じているが、彼の辛さを全て把握していたわけではない。

「もし、十六年前と今回の事件が同じ犯人の仕業だとすれば、愉快犯の可能性もありますね。他にも似たような事件を起こしているかも」

美姫が児島の顔を見た。

「うーん。首吊り死体に花か。さすがに道内全ての殺しは把握していないが、渡島《おしま》管内でここ十年そんな事件は無かったなあ」

児島が唸る。

美姫がいなければ岩田の解剖は行われておらず、自殺で処理されていた。そうなれば清水も自殺扱いされていただろう。犯人が同じ手口を繰り返しているとしたら、これまで自殺で処理されていた異常死体の中に殺人の被害者も混じっていたことになる。

「首吊り婆の話に花は出てこないか？　別の人間がたまたま同じ噂話に影響されただけかもしれんぞ」

児島が美姫に尋ねた。

「いえ、私もその話は知っていますが、花は出てきませんね」

二人の会話に後ろから口を挟む。

「岸谷かすみが目撃した白髪の老婆については？」

「緑の車も含めて探しています。市内であればNにも引っ掛かっているかもしれません」

美姫がハンドルを切りながら答えた。

山林での目撃情報は期待できないが、函館市街となれば事情が違う。至るところに監視カメラやNシステムがある。

監視カメラの白黒映像に映る老婆の姿を想像した。仮にハルの事件と同じ犯人だったとしたら……なぜ、十六年前の殺害現場を再現したのか？

「先生、どうしました？　車酔いですか」

児島が後部座席を振り返った。

ハルの話題を出した時から例によって気分が悪い。

「いえ、平気です……」

車窓の外を見た。パトカーはすでに函館市内に入っている。大学までさほど時間はかからないはずだ。

「私達も十六年前の事件を調べてみます。ただ、今回の事件との関連を掴めるかは保証できません」

「でしょうね」

また本音がポロッと出てしまった。すぐ気づいたものの時すでに遅し。不機嫌になった美姫が「これ以上事件に首を突っ込むな」と釘を刺そうとし、児島にたしなめられるくだりをもう一度繰り返した。

アパートに繭の姿は無かった。友達の家にでも泊まったのだろう。気まぐれなので夜中に突然やって来ることもあり得るが、とりあえずは落ち着ける。安堵の溜息と共にノートパソコンを開いた。

警察に打ち明けたことでハルの事件に向き合う決心がついた。十六年前に立ち返らず、今回の事件に迫ることはできない。だが、ハルの記憶に近づこうとすればするほど気分は悪くなり、夕食を食べる気も起きなかった。

インターネットで十六年前の事件について調べる。こんな手軽なアプローチすらこれまでしてこなかった。法医の勉強に時間を取られていたこともあるが、心のどこかで避けていたのだ。

いくら検索してもハルの事件は見つからなかった。全国紙、地方紙併せてネット版は過去五年分しか記事を閲覧できない。一般人のブログやＳＮＳも漁《あさ》ったが、十五年以上前のローカルニュースを取り上げている者はいなかった。

核心が先送りされ、内心ほっとしている自分もいる。一方で、何か肝心なことを見落としているような気もした。

ふとパソコンから離れ、本棚を眺めた。ほとんど法医関係の資料だが、最下段にはもう使わない参考書などが雑然と積まれている。その奥から一冊のノートを引き抜いた。

古びた表紙には子供の字で〈六巻〉と大きく書かれている。ページをめくると、ヒーロー風のキャラクターと手がハサミの怪獣が描いてあった。その上部には〈マカベスVSハルタン星人〉という手描きのロゴが躍っている。

さらにページをめくっていくと、マカベスとハルタン星人がドッジボールをしたり、宇宙でUFOを捕まえたりと統一感のないストーリーが展開した。

回ごとに絵のタッチも異なる。マカベスが主役の回は俺が描き、ハルタン星人が主役の回はハルが描いていたからだ。初めはマカベスとハルタン星人が学校を舞台に戦う物語だったが、次第に一緒に遊ぶエピソードが多くなっていった。

漫画は唐突に終わっていた。一緒に宇宙オリンピックの準備をしていたはずが、突如マカベスがハルタン星人をこてんぱんに痛めつけ、描きかけのまま途絶えている。

胸が疼《うず》いた。

このノートは罪の跡。あの日、親友を裏切り、放課後一人で帰らせた。

犯人が誰であっても罪の一端は自分にある。

8

八雲駅、早朝。

鈍行列車から降り、膝に手をついた。

大学には午後までに戻れると踏んでいたが、どうやら苦戦しそうだ。八雲に近づくにつれて悪化していた体調が、ホームに降りた途端、一段と悪くなった。

駅舎から見渡した故郷はいくつか建物や看板が変わっていたが、昔の街並みを残している。駅前の小さなロータリーを抜けるとバス通り。道路を渡ってさらに進むと郵便局。短い旅行から帰ってきたかのように町の姿を細部まで覚えていた。

実家にも寄ることはできたが、そのつもりはなかった。秘密基地に直行すべく、タクシーを拾う。

「四二号をトワルベツ川方面へ」

行先を告げると、運転手は短く返事をし、走り出した。

駅前から離れるにつれて建物が減り、田畑が広がっていく。景色《けしき》を眺めていると、急に吐き気が強まり、困惑した。そして、気づく。

「そこを左折してください」

タクシーは道道から折れ、小道に入った。

吐き気を堪えながらフロントガラス越しに見えてきた建物を凝視した。三軒並んだ木造モルタルの民家。一番手前がハルの家だった。

「一旦、降ります。待っててください」

「え？　はあ……」

声をうわずらせた運転手が後部ドアを開けた。

ハルの母は居るだろうか。良い印象はないが、何か話を聞けるかもしれない。

家はだいぶ古びていた。呼び鈴を押しても反応がない。もう一度押す。

音が鳴っていない――？

家の脇に回った。かつてそこにはハルの母親の軽自動車が置かれていたが、消えている。窓にはカーテンもかかっておらず、中を覗くと家具一つ無かった。壁はカビで黒くなり、引き戸のガラスは割れている。廃墟だった。

どこかに引っ越したのだろうか。隣家にも行ってみたが同じように朽ちていた。

「誰もいないでしょう」

タクシーに戻ると運転手が引きつった顔で出迎えた。

「ここは何年も前から人が住んでないから」

「何かあったんですか」

「いやあ……人がどんどん減ってるからねえ」

運転手は素っ気なく答えて、Uターンを始めた。

「三軒とも住んでいないんですか」

「そうねえ……」

運転手の口は変に重い。

「停めてください。もう少し見たい」

「え？」運転手はまた声をうわずらせた。「……でも、あんまり長居しないほうがいいよ」

「ここで何かあったんですね」

「お客さんが最初にピンポンした家……あそこに住んでた女の人が首を吊ったんだよ」

こめかみが熱くなった。

「……女の人というのは？」

「私も詳しいことは知らないんだけどね。それで他の家も気味悪がって引っ越しちまったみたい。もう十年以上前だけどさ」

「その女性は子供を亡くしていますか」

「さあ……でも、その家にずっと住んでた人みたいだよ」

ハルの母親だ。

教育熱心といえば聞こえは良いが、自尊心を満たすため息子にエリート街道を歩ませたいだけの人間に見えた。いつもハルを叱りつけ、友人たちの前でも罵倒する。子供を放ったらかしだった俺の父とは異なるタイプだが、俺もハルも親の愛情を感じていないことを互いに明かしていた。そんな母親であっても息子の死には耐えきれなかったのだろうか。荒れ果てたモルタル住居が今は亡き母親の胸中を象徴しているように見えた。

「こういうところ苦手なんだよね……もういいかい？」

運転手が懇願するように言った。

「わかりました。出してください」

俺も早く離れたかった。今にも吐きそうだ。八雲に来ると決めた時点で覚悟はしていたが、まさか秘密基地に着く前からここまで体調が悪くなるとは想定していなかった。

目的地には思っていたよりも早く着いた。秘密基地へ続く茂みの細道。子供の頃の距離感とかなりズレがある。十六年前の時点で、いつ草に埋もれて消えてもおかしくないような道だったが、今でも道を判別できるくらいには残っていた。

「降ります。また待っててください」

「お客さん！　大丈夫ですか。顔色が……」

「大丈夫です。三十分くらいかかるかもしれません」

「そうですか。じゃあ、ごゆっくりどうぞ。どうせ暇ですから」

運転手は呑気に答え、ドアを開けた。地元民ならハルの事件を知っているはずだが、ここは怖くないのだろうか。運転手の態度が気になったが、下手に告げて、待つのを渋られても厄介なので黙っていた。

茂みの小道に分け入る。かつて毎日のように通った道だ。高く伸びた草に遮られ、大人の背でも周囲を見渡せない。

懐かしさを感じる間もなく、強烈な吐き気と眩暈に負け、うずくまってしまった。

十六年間、ハルや秘密基地について考えると体調が悪くなった。気分が沈んだ。だからできるだけその記憶には近づかないようにしたし、考えるのも避けた。しかし、もう逃げ続けることはできない。過去に向き合わなければ未来が閉ざされてしまう。

歯を食いしばって立ち上がる。呼吸が苦しく、額から冷や汗が垂れ落ちる。鼻腔《びこう》にすえた臭いが広がる。死臭や腐臭は散々嗅いできたが、どれとも違う。臭いを意識した途端、嘔吐した。昨夜から何も食べていないので胃液しか出ない。それでも嘔吐は止まらなかった。やっと歩き出しても、すぐに倒れ、空っぽの嘔吐を繰り返す。首の筋肉が痛い。寒い。

這《は》うように前へ進んだ。目線が低くなり、十六年前と全く同じ光景を見ることになる。茂みの道が右に曲がった。秘密基地はすぐそこだ。目の前を大きな羽虫が横切った。熊はまだいるのだろうか。茂みの隙間から老婆が顔を出す。意識が混濁していた。

わずかに残った気力を振り絞り、立ち上がる。その勢いで小道を曲がった。

轟音《ごうおん》──。

視界が遮られる。

咄嗟に後退《あとずさ》り、尻もちをついた。

人をはねそうになったことに気づいていない大型トラックが遠のいていく。

束《つか》の間の放心から回復し、周囲を見渡した。茂みと木々が分断され、片側二車線の広い道路が通っている。秘密基地は跡形もなく消え、どこにあったかすら特定できない。

振り返ると整地されていない茂みはほんのわずかだった。

脱力感に包まれた。事件を思い出すだけで精神がすり減るのだから、秘密基地を再訪すれば頭がおかしくなるかもしれないと覚悟していた。しかし、恐れていた場所はとうの昔に消滅していたのだ。

お前の気負いなどお構いなしに時は過ぎ、世界は変わっていく。乾いたアスファルトがそう告げていた。

「テン、なにボケッとしてんだよ」

背後に小学生のハルが立っていた。こちらを見つめ、ニヤニヤ笑っている。声をかけようとすると、茂みの向こうに走り去った。

「……ホントだな」

茂みに向かってつぶやいた。眩暈や吐き気がみるみる薄らいでいく。

と、ポケットのスマホが振動した。電波も入るのか……。半ば呆れながらスマホを取り出した。電話の主は近堂だった。

「もしもし」

『真壁先生……かすみちゃんが……誘拐されました』

第三章

1

函館駅のロータリーに近堂がバンで迎えに来ていた。バンの側面には〈自宅で手厚いペット火葬〉と書かれている。

助手席は狭く、後部とは壁で仕切られていた。

「すみません、後ろは火葬炉でして……」

窮屈にしている俺に恐縮しつつ近堂はバンを発進させた。

「状況は？」

「まだ何も。正午前、スーパーの駐車場で岸谷さんが少し目を離した隙にいなくなったそうです。犯人からもまだ連絡はありません」

「なぜ、誘拐だと？　迷子かもしれないでしょう」

「詳しくは聞いていませんが、不審者がいたそうで」

「不審者？」

白髪頭がフラッシュバックする。

「岸谷さんは警察に通報すべきか迷って、まず私に相談してくれたのですが、真壁先生にも連絡してほしいと。かなり憔悴《しょうすい》しています。警察には私から通報しました」

誘拐事件など滅多にない。それがこのタイミングで起きた。同一犯の仕業だとすれば、かすみは――。

赤信号で急ブレーキ。近堂は珍しく苛立っていた。

「せっかく頼られたのに……私には先生をお連れすることぐらいしかできません」

「児相は？」

「警察に任せて、関わるなと言われました」

身を捩《よじ》り、座り直す。

「狭くてすみません。自由になる車がこれだけだったので」

「実家の社用車ですか」

ペットショップか葬儀屋。児相職員の曖昧な記憶に合点がいった。

「ええ、勤務中に乗り回しているのがバレたら面倒ですが、その時はその時です」

信号が青に変わり、近堂はアクセルを踏み込んだ。

以前会った公園の近くに岸谷母娘のアパートはあった。表の郵便受けからチラシがはみ出ていなければ廃屋と言われても疑わないだろう。

近堂は一階のドアをノックし、「近堂です」と呼びかけた。

ドアを開けたのは静香ではなく、美姫だった。美姫は軽く会釈し、無言のまま中に引き返した。近堂に続いて中に入る。

六畳のワンルーム。隅に置かれた机にはパソコンが載っている。本棚にはウェブ関連のマニュアルが並んでいた。静香はホームページ制作の内職をしているようだ。部屋の中央にはちゃぶ台が置かれ、美姫と男性刑事が待機していた。初めて岸谷母娘と会った際に同席していた刑事だ。

「真壁先生をお連れしました」

近堂が部屋の隅で小さくなっている静香に声をかけた。

「真壁先生……すみません……私どうしたらいいか……」

静香は今にも倒れそうに頭を下げた。

「大学は病欠扱いにしてもらいましたので問題ありません。それよりも娘さんがいなくなった状況を教えてもらえますか」

「はい……」

「真壁先生」

美姫が割り込んだ。

「事情は我々が一通りお聞きしました。かすみちゃんのことは警察に任せてお引き取り下さい」

「犯人からの要求は？」

質問で返した。引き下がる気はない。

「まだです。誘拐捜査は慎重に進める必要がありますので、どうか、お引き取りを」

「私は岸谷さんのご連絡で来ました。岸谷さんが帰れと言えば帰ります。それとも法医学者は邪魔だと？」

「これは警察の仕事です」

「緊急配備は？」

「申請しています」

「警察は誘拐と認定したんですか」

「事件性は認めています」

「まだ誘拐とは断定していないんですね。何時間待てば本気で動くんですか」

「もう動いています。事故の可能性もありますので状況を確認中です」

誘拐と断定されれば、警察は膨大な人員を割く必要に迫られる。一方で、捜索願を出したからといって警察はすぐに動かない。限られた人員の中で捜査すべき事件の優先度を常に考慮しているためだ。だが、それは結果的に捜査が後手後手に回る原因にもなる。

「警察の上層はともかく、小野田刑事はどうお考えですか」

「……」

「誘拐だと見ているんですね？」

「お答えできません」

「しかも、ただの誘拐じゃない」

「……」

美姫は答えない。部屋を覆った沈黙は、その場の全員が同じ危機感を抱いていることを物語っていた。これは身代金目的の誘拐ではない。清水啓介、岩田信二郎に続く三件目の事件なのだ。犯人は自殺偽装がバレたことで犯行を隠すつもりがなくなったのか。

静香に向き直り、尋ねる。

「岸谷さん、辛いと思いますが、順を追って教えてもらえますか」

「餃子《ぎょうざ》を買ったんです……冷凍の……かすみ、お肉あまり食べないんです……でも餃子は食べるので……冷凍品が安いときはいつも買うんです……」

静香は目を泳がせながら言葉をひねり出している。

「魚八《うおはち》に行ったんです……近所のスーパーです……十時くらいです……お昼時は混むのでいつも空いてる十時に行くんです……かすみと……買い物をして外に出たら……呼ばれて……万引きしたでしょうって……」

「万引き？　店員に止められたんですか」

「たぶん……いえ、万引きなんてしてません！　でも……お会計までですよねって……人目につくと困るだろうからって駐車場の隅に連れて行かれました……」

そいつが不審者か。

「店員の顔を覚えていますか」

「年配の男性でした。私、気が動転しちゃって……いつ、かすみの手を離したか覚えてなくて……」

膝に置かれた静香の手が震えている。日々、裁判所の心証を気にしている静香。万引きの疑いをかけられたときの恐怖は甚大だったはずだ。

「……買ったものを袋から一つ一つ取り出して見せたら……餃子の会計が通ってないって……レシートを見せろというので渡したら、勘違いだったと謝られたんですが、かすみが……いなくなっていて……駐車場も店内も見て回ったんですが……いなくて……どうしたら良いかわからなくて……近堂さんしか連絡できる人がいなかったので……すみません！」

スーパーで半狂乱になった姿が想像できる。

「駐車場に不審な車はありましたか」

「すみません……覚えていません……」

静香からこれ以上は聞き出せないだろう。

美姫に尋ねる。

「万引きを咎《とが》めた男については？」

「店に該当者はいませんでした。今日、万引きを監視している保安専従員は全員女性だそうです」

「偽の店員か。他にも共犯者がいたはずです。その状況で単独犯は無理だ」

「誘拐ならば……我々もそう考えています」

組織的犯行。ここに来て犯人像が変わった。

「監視カメラには映っていないんですか」

「カメラがあるのは店内と玄関前だけです。駐車場には設置されていません。岸谷さんが声をかけられたのは、ちょうどカメラの死角に入ったところでした」

「犯人は事前にカメラの位置を調べていたということですね」

「かすみちゃんを狙っていたとしたら、岸谷さんの行動パターンも調査済みだったと思われます」

「他に手がかりは？」

「かすみちゃんのシールが駐車場に落ちていました。現在、指紋など調べていますが、手がかりにはならないでしょう」

かすみがチッチモーのために持ち歩いていたシール。かすみの精神的支えとなってきたチッチモーだが、犯罪者から彼女を守ることはできなかった。

本棚に見覚えのある人形が置かれていた。かすみから外されたクマのぬいぐるみだ。よく見ると、クマの首輪には電話番号と住所が書かれている。迷子になったときのために静香が書いたのだろう。

ぬいぐるみには娘に対する静香の執着が表出していた。それを解放した途端、かすみが消えた。静香が病的な執着を捨てていなかったら、スーパーでかすみの手を離さなかったかもしれない。

かすみを解放したような気になっていた自分がいかに滑稽だったか。ハルの時と同じだ。余計なことをしたばかりに幼い命が悪魔の標的にされた。

痛みを感じるほど奥歯を噛んだ。認めたくないが、これで明らかになった。犯人の狙いは間違いなく俺だ。

スマホの振動で我に返る。大学からの着信だった。

「もしもし」

『横居です』

「なんでしょうか」

間が悪い。

『清水啓介の薬毒物検査の結果が出た。真壁先生が送った岩田信二郎の分も。両者から睡眠薬を検出。どちらもフルニトラゼパム。同一のものと考えられる』

「……なるほど。ありがとうございます」

礼を言い終わる前に横居の電話は切れた。

「清水啓介と岩田信二郎の死体から同じ睡眠薬が出ました」

「……そうですか」

美姫はさほど反応しなかった。殺人を容易にするため睡眠薬が用いられることは珍しくない。しかし、これは重大な情報だ。

「小野田刑事、確保して欲しい人物がいます」

「……確保？」

「事件に関係しているかもしれない人物です」

「誰ですか」

「黒須文乃。以前、僕が息子の虐待を鑑定しました。現在は保釈中です」

「あっ」近堂が声を上げた。「睡眠薬……ですか」

頷いて言う。

「黒須文乃は過去に睡眠薬の多量摂取で息子を昏睡《こんすい》させています」

「その睡眠薬を岩田と清水に使ったということですか」

「彼女の睡眠薬を押収すれば、はっきりするでしょう」

美姫は男性刑事と目を合わせた。

「わかりました。確保は難しいでしょうが、居場所を押さえます」

「黒須文乃の処方歴も調べてください」

残虐な知能犯。彼女の犯行だと断定するには証拠も情報も不十分だ。しかし、今は一分たりとも立ち止まっていられない。

「黒須文乃の自宅はわかりますか」

　美姫が近堂に尋ねた。

「今、離婚訴訟中のはずなので元の家にはいないと思いますが……旦那さんに確認します」

　近堂は児相に電話をかけ、黒須家の電話番号を確認した。すぐさま文乃の夫に電話する。

「もしもし、黒須さんでしょうか。私、函館児童相談所の近堂と申します」

　近堂は電話しながら手帳にメモを取り始めた。書き終わると礼を言い、電話を切った。

「おそらく実家に戻っているとのことです。実家の住所と電話番号はこちらです」

　近堂は手帳を破り、差し出した。受け取ろうとすると横から美姫がかっさらった。

「ご協力感謝します」

　美姫からメモを受け取った男性刑事がアパートを飛び出した。

「あの……私も行きます」

　静香が進み出た。

「岸谷さんはここで私とお待ちください」

　美姫が静香の前に立ちはだかる。

「警察に任せましょう。我々が行ってもどうにもならない」

近堂も静香を制止した。

「行きます」

静香は震える声で繰り返した。悲壮な決意に満ちた母親がそこにいた。

アパートの裏から発車音。刑事が発《た》ったのだろう。

「お願いします。刑事さん、真壁先生、近堂さん……お願いします！」

静香は土下座し、訴えた。

「やめてください、岸谷さん！　私が困ります」

近堂が立たせようとしても静香は頭を床にこすりつけている。

窺うように見上げた近堂に美姫は黙って首を振った。

「……すみません、さすがに児相の人間が警察に盾突くことはできません。真壁先生をお連れするのがやっとです」

近堂は肩を落として立ち上がり、玄関で靴を履き始めた。

「近堂さん！　私にはかすみしかいないんです！」

静香は手をついたまま玄関に向いた。

その顔を見ないように近堂は俯いている。

「……すみません。職場に戻ります」

近堂は頭を下げ、玄関を出ていった。

「真壁先生……どうすれば……」

残された静香はすがるような目で俺を見た。

「……小野田刑事、岸谷さんは外出も許されないんですか」

「いえ。拘束しているわけではありません。ただ、誘拐犯から連絡があったときのため待機していただいているんです」

「電話がかかってくると思ってるんですか」

「……」

電話などかかってくるはずがない。犯人の目的は金ではないのだから。

「岸谷さん、この家に電話は？」

「……携帯電話しか」

「では、ここじゃなくても連絡は取れますね。小野田刑事と行動を共にしていれば外でも問題ないわけだ」

「真壁先生！」美姫が睨む。「何をするつもりですか」

「こんな狭いところ……失礼。外の空気を吸わないと精神的にも良くない。どこか適当なところに出掛けては？」

「何を企んでいるか知りませんが、黒須文乃の実家は教えられませんよ」

「それは理解してます」

と言いながら、床に置かれた手帳に手を伸ばした。近堂が座っていた辺りにそれはあった。何も書かれていない白紙のページが開かれている。静香の仕事机にあった鉛筆でこすると、筆圧でへこんだ部分が白く浮き上がった。先ほど近堂がメモした住所だった。

呆れた様子の美姫を見ながら、黒須文乃の住所をポケットに入れる。

「手帳を忘れるなんて近堂さんはうっかり者ですね。でも――警察には一切逆らわなかった」

2

タクシーは五稜郭を過ぎ、美原《みはら》町に差し掛かった。助手席の美姫は黙り込んでいる。俺は静香と後部座席に座っていた。

ナビに従い、運転手がハンドルを切る。大通りから折れて住宅街に入った。旧市街の元町とは対照的に、この辺りはツーバイフォー住宅が建ち並んでいる。

徐行していると路上に停車しているセダンが見えた。

「あの車の後ろに停めてください」

美姫の指示通りにタクシーがつける。アパートを先に出た男性刑事がセダンから降りた。美姫とのやり取りで名前は磯村《いそむら》だと知った。すでに美姫が事情を伝えている。

磯村に促され、静香はタクシーからセダンに移った。

「岸谷さんは車から出ないでください」

「はい」

美姫に言われ、静香は従順に頷いたが、瞳には焦りと不安が滲んでいた。

「真壁先生も車内でお待ちいただきたいのですが」

聞こえないふりをして通りの先を見渡す。並んだ住宅のどれかが黒須文乃の実家だ。

「電話はしたんですか」

磯村に尋ねる。

「家の電話に数回掛けていますが、繋がりません」

「では、直接訪問しましょうか」

歩き出したところで磯村に肩を引っ張られた。

「我々がやります」

さすがにここは従わざるを得ない。刑事たちの後について進む。美姫が一軒のインターホンを押した。表札には〈大橋《おおはし》〉と書かれている。

しばらく待っても応答が無い。

「居留守を使っている場合は？」

「今の段階では何とも」

「緊急事態ですよ。家宅捜索はできないんですか」

「裁判所にフダを申請しなければなりません。早くても数時間。遅ければ明日以降になります」

司法解剖に鑑定処分許可状が必要なのと同様、家宅捜索にも裁判所の許可がいる。

「庭から中が見えるかもしれない」

「先生、いくらなんでも不法侵入の現行犯ですよ」

美姫と揉めていると、買い物袋を持った老婦人がやって来た。

「あのう……この家の者ですが何か？」

「黒須文乃さんのお母様ですか」

美姫は警察手帳を見せた。

「ええ……そうですが……」

「文乃さんがこちらに戻っているとお聞きしたのですが、ご在宅ですか」

「娘がどうかしたんでしょうか。昨日から帰ってないんです」

大橋夫人は動揺していた。

「これまで長く家を空けたことは？」

「今は精神的に不安定なのでずっと部屋にいます。たまに散歩やドライブをしているようですが、三時間も外出すれば長いほうです」

「文乃さんは車で出掛けられたんですか」

「車が無くなっていますので、たぶん」

「行き先に心当たりは？」

「いいえ。子供には会いたがっていましたが、それは叶《かな》いませんし……」

夫人が嘘をついているようには見えない。かすみが誘拐される直前に黒須文乃が姿を消していた。やはり誘拐に関係しているのか。

「娘さんは今も睡眠薬を常用していますか」

刑事二人の肩越しに尋ねた。

「ええ。昔から。減らすように言っているんですが……最近はますます手放せなくなっているみたいで」

「見せていただくことは可能ですか」

「……ええ。ちょっと待ってくださいね」

夫人は家の中に一旦入り、薬の紙袋を持って戻って来た。

紙袋を受け取り、錠剤を取り出す。フルニトラゼパム――。清水と岩田から検出されたものと同種の睡眠薬だった。

美姫と磯村に目をやる。二人とも能面を作っている。

「ご協力ありがとうございます。またお話を聞きに伺うかもしれません」

「はい、いつでも。あの……娘の捜索願は出したほうがいいでしょうか。もうあの子も大人なので親が出していいものかどうか」

「こちらで手配します」

美姫は一礼し、磯村と車に向かった。後を追う。歩きながら美姫の指示が聞こえた。

「緊急配備を急がせて。黒須文乃の確保と岸谷かすみの保護。それに検問と……」

美姫は一瞬言い淀み、無機質な声で言い直した。

「郊外の山林も捜索させて」

3

アパートに戻ってから静香はお茶を淹《い》れたり、テーブルを拭いたりとせわしない。

黒須文乃が誘拐に関与している可能性を告げた時、静香に引《ひ》っ叩《ぱた》かれても仕方ないと思っていた。かすみと文乃を繋いだのは俺だ。が、静香は「そうですか」と小声で言ったきり帰りの車中ずっと黙っていた。

「岸谷さん、本当にお気遣いなく。必要なら私がやります」

美姫が静香に寄り添う。

緊急配備が敷かれたことで新たに刑事が二人加わり、アパートに警察無線も運び込まれた。

「いえ。このぐらいは……」

静香は刑事たちの湯飲みにお茶を注《つ》いだ。

「真壁先生もどうぞ」

静香の急須を持つ手は震えていた。頭を下げると、静香は台所に戻った。

がしゃん。

一同が驚き、台所に振り返る。静香が屈んでいた。足元で急須が割れている。

「ごめんなさい……」

静香は消え入るような声で謝った。

「ごめんなさい……ごめんなさい……」

様子がおかしい。

「岸谷さん?」

美姫が歩み寄ると、静香は突っ伏し、嗚咽《おえつ》した。

「私が手を離さなければ……あんなにかすみを縛って……閉じ込めて……寂しい想いをさせてきたのに……肝心なところで……手を離してしまった……」

親から虐待を受けて育った静香は子供の愛し方がわからないのだろう。それでもシングルマザーとして骨身を削ってきた。息子を失い、虐待の疑いをかけられる中、心の拠《よ》り所は娘だけ。それすら奪われようとしている。

「岸谷さんのせいじゃありません」

美姫が静香の背中をさすった。

「いいえ、母親失格なんです……私なんかの子供に生まれてこなければ……あの子は……幸せだったはずなのに……」

静香の慟哭《どうこく》は止まらない。美姫も刑事たちも掛ける言葉が見つからないようだ。

俺の責任だ。

静香の前に正座する。

「僕はカウンセラーではないので、事実だけ伝えます。SBSの科学的根拠が薄弱であるように、虐待の連鎖にも科学的、統計的根拠はありません」

俺は人の心を解きほぐす術を持っていない。気休めを言える状況でもない。事実を告げるのが精一杯だ。だからこそ慎重に言葉を重ねた。

「確かにイマジナリーフレンドはストレスから逃げるための解離症状です。しかし、病的な現象ではなく、社会への適応なんです。子供にイマジナリーフレンドが現れるのは特別珍しいことじゃない。それにイマジナリーフレンドを持つ子供は優しい性格であることが多い。これは統計で出ています」

早口に圧倒されたのか、静香は嗚咽をこらえ、顔を上げた。

「すみません……先生の仰っている意味が……」

「……」

少し考えて言い直す。

「かすみちゃんは、きちんと良い子に育っているということです」

静香の真っ赤な目からさらに大粒の涙がこぼれ落ちた。

「かすみに……かすみに会いたい！」

本当に文乃を追うべきなのか──迷いが生じる。かすみに繋がる手がかりは皆無。黒須文乃を確保したとしても本当に彼女が誘拐に関係しているとは限らない。いくつかの状況証拠があるだけだ。引っ掛かる点も多い。他に手がかりが無いからといって、無謀な賭《か》けに一縷《いちる》の望みを託しているのではないか。文乃を確保しても、それが空振りだったら時間だけが大幅に失われる。

警察はすでに携帯電話会社への通達を済ませていた。静香のスマホに着信があれば立ちどころに発信元情報が提供される。しかし、おそらく身代金の要求は来ない。美姫たちも予期しているだろう。それでも静香の側で待機している。時間の無駄だとわかっていても他にできることが無いのだ。

『至急至急。江差《えさし》三から本部』

ちゃぶ台に置かれた警察無線が鳴り響いた。

『江差三、どうぞ』

パトカーからの呼び出しに本部が応答する。美姫の説明によれば、道警函館方面本部と捜査中の警官との無線連絡は管内全域で共有されている。

『厚沢部の山林でマル変を発見――首吊り死体です』

静香が横に倒れた。刑事の一人が支える。

甘かった。岩田も清水も失踪から殺されるまでに時間が空いていたため、かすみにも多少の猶予があると思い込んでいた。いや、願っていたのだ。

『場所は木間内郵便局の南』

『本部、了解。マル変の身元はわかりますか。どうぞ』

すでに、かすみの写真や情報は管内の警察に共有されている。鑑識を待たなくても判別は可能なはずだ。しかし、現場からの無線は返ってこない。様子が変だ。

『方面本部から江差三。マル変の顔は確認できますか。どうぞ』

本部が再度尋ねると、現場の警官は『少々お待ちください』と言い、沈黙した。現場が混乱しているようだ。まさか顔の判別ができない状態なのか。残酷な想像を振り払う。

『江差三から本部』

『江差三、どうぞ』

『えー、マル変は、えー、氏名……黒須文乃。どうぞ』

「黒須文乃？」美姫が声に出した。

理解が追いつかない。文乃が殺されたというのか。では、かすみを誘拐したのは？

「かすみは……かすみは、どこなんですか」

静香は限界だ。

美姫が無線機に手を伸ばす。本部が聞かないなら尋ねるつもりだろう。

『本部、了解。現場に岸谷かすみちゃんはいますか。どうぞ』

『えー、山林のため見通しが悪いですが、確認できる限り、人の姿はありません。どうぞ』

『本部、了解。至急、鑑識を向かわせます。方面本部から各局。厚沢部の首吊り死体をＰＭが確認。岸谷かすみちゃんの捜索ならびに検問は――』

静香が刑事の腕の中で気を失った。

4

黒須文乃の司法解剖は翌朝に行われることになった。清水の解剖同様、今度も外されると思っていたが、宇佐美が学会出席で執刀を代われないことから、俺が横居の補助に入った。

「美人だったようだな」

　横居が遺体を一瞥して言った。

　確かに生前の文乃は若作りが功を奏し、美人の部類に属した。が、解剖台に横たわっている文乃は面影を留めていない。口から舌が飛び出し、顎に何重ものシワが入ったまま硬直している。大雨にさらされ、死後数日経っていた岩田や清水に比べ、ある意味、文乃の状態は良かった。その分、衣服には糞尿《ふんにょう》が大量に付着している。

　同様の首吊り死体は日頃から扱っている。横居はいつもと変わらない手つきで仕事を進めた。青山も流れ作業のような手際を見せる。

　文乃には首のロープ以外、死因に関連した外傷は無く、自殺と断定されてもおかしくなかった。岩田、清水と全く同じ手口だ。死亡推定時刻は二日前。かすみ誘拐の前日には、すでに殺されていたことになる。

　いつ木に吊るされたかは不明だが、発見が早かったのは現場へ続く山道の入口に文乃のコートや靴が目立つように捨てられていたからだった。町道をパトロール中の警官がそれらに気づき、山道の奥に入ったところで文乃の変死体を発見した。

　解剖後、死体検案書を書きながら無力感に苛《さいな》まれた。案の定、文乃の死体からは手がかりを得られなかった。死体の状態だけ見れば、至って典型的な縊死。万年筆を握る手に力が入り、書類が破れた。

昼休みの時間はとっくに過ぎている。コンビニでサンドイッチを買い、いつもの庭園に向かった。ベンチには先客がいた。

「遅いじゃない」

「だから、学外の人間が入るなよ」

ベンチの端に座る。

「何も出なかったたって顔だね」

「ああ。わかってたことだけどな」

「……かすみちゃん、どうか、無事でいて欲しい……」

「ここまで俺を憎む奴……一体誰なんだ」

心当たりがあるとすれば、虐待を暴いた連中だが、全員殺された。

「……お兄ちゃんは関係ないのかもしれない」

繭がぼうっと庭を眺めながら言った。

「黒須文乃まで殺されたんだぞ。犯人の狙いは間違いなく俺だ」

「犯人は、お兄ちゃんじゃなく、虐待鑑定に興味があるんじゃないの？」

「臨床法医は横居先生のほうが多い。たまたま俺が鑑定した三人が選ばれたとは思えない」

「お兄ちゃんは目立つから。偉そうに新聞にも出ちゃうし」

「偉そうにはしていない」

が、確かに新聞に載ったことで犯人の注意を引いた可能性はある。

「それでも岸谷かすみにまで手が及んだとなると……」

「かすみちゃんを誘拐したのは別の人間かもよ」

「んなわけねえだろ」

いつも繭の推理は的確だが、今度のは乱暴だ。

「そうかな。だったら、犯人は幼女趣味の変態とか？」

「なんだか投げやりだな」

「殺人鬼が変態だなんてよくあることでしょ」

「いや。十六年前の事件といい、犯人には何かしらの意図がある。かすみを誘拐したのにもきっと理由が……」

「ハル君とは関係ないんだよ！」

繭が突如声を荒げたので驚いた。

「どうしたんだよ？」

「……お兄ちゃん、もうこの事件は警察に任せなよ」

「急に何だ？　お前だって今まであれこれ口を出してたじゃないか」

「私はお兄ちゃんを助けたかっただけ！　でも、昔の事件まで掘り返そうとして、お兄ちゃん、そんなことしてる時間あるの？　論文は？　それに体調だって悪そうだし」

「身体は大丈夫だ。もうハルや秘密基地のことを考えても平気になった」

「どうして？」

「秘密基地に行ってきた。もう跡形も無かったけどな」

「何それ！　聞いてない！　お父さんとも会ったの？」

「いや。誘拐の連絡が入って、すぐ帰って来た」

なぜ、怒ってる？　繭の心変わりを理解できない。

「もう首を突っ込むのはやめて！」

「岸谷かすみを放っておけっていうのか」

「そんな言い方ずるい！　どっちみち法医学者ができるのはここまででしょ！　これ以上は警察の邪魔になるだけだよ！」

「どっかの女刑事みたいなこと言うな」

「警察と揉めたら大学でも問題になるんじゃないの？」

「お前こそずるいな」

「とにかく、お兄ちゃんは元の生活に戻ること！　かすみちゃんは助かって欲しいけど、お兄ちゃんができることはもうないんだから！」

「ちゃんとしろと言ったり、やめろと言ったり、面倒な奴だ」

残っていたサンドイッチを口に詰め込み、ベンチを離れた。

さりげなく振り返ると、すでに繭の姿は無かった。兄を心配しているのはわかるが、元の生活に戻ったところで事態が好転するとは思えない。手がかりが途絶えた今、立ち戻るべきはやはり十六年前の事件だ。

今後のタスクを考えているとポケットでスマホが振動した。

「もしもし、真壁です」

『函館中央署の小野田です』

美姫の声。いつの間に電話番号を調べた？　名刺を渡した記憶も無い。教室経由で簡単に聞き出せるのだろうが不愉快だった。

「解剖の結果なら大学に聞いてください。それとも岸谷かすみの居所が摑めたんですか」

『児相前で岩田信二郎と話していた人物が見つかりました』

首吊り婆が？

口にしかけたが、なんとか飲み込んだ。

5

函館中央署——。

警察職員に用件を伝えると、取調室の前まで案内された。が、通されたのは取調室ではなく、その隣の部屋だった。

部屋に入るなり目を奪われた。大きなガラスの向こうに白髪の男が座っていた。髪は長く、後ろで縛っている。取調室との間を仕切っているガラスはマジックミラーなのだろう。向こうからはこちらが見えていないようだ。

「車のウインドウ越しなら老婆にも見えますね」

声をかけられ、美姫の存在に気づく。

「岸谷さんの証言と児相周辺の監視カメラを照合して見つかりました」

「……素性は？」

「渡久地《とくぢ》平八《へいはち》、五十八歳。興信所を経営しています」

「探偵ってやつですか」

かすみが見たのは老婆ではなく、年配の男だった。首吊り婆を想像していただけに急に現実へ引き戻された気がした。

「それで岩田については何と？」

「何も。煙草《たばこ》に火を点けるため児相前で駐車したところ岩田に絡まれたので退散したと」

「誘拐への関与は？」

「今回は岩田との件で引っ張っていますので誘拐事件の詳細は伏せて聞いています。結論だけ言えば、事件当時のアリバイはありません」

「岸谷静香には確認したんですか」

「先ほど面通ししました。おそらく違うと」

渡久地は偽店員ではない。だが、誘拐犯は複数だ。渡久地が共犯の可能性は残っている。

「なるほど。で、なぜ、僕を？」

「最近、尾行されていると仰っていましたよね」

「あの男が僕を尾行していたと？」

「興信所ですから。先生を調査対象にしていた可能性もあります」

尾行に気づいた夜、塀に隠れた白髪の人物は渡久地だったのか？

「残念ながら暗かったですし、顔を見たわけではないので」

「そうですか。御足労いただいたのに恐縮です」

美姫は廊下へ連れ出そうとしたが、首実検の道具で終わってたまるか。改めて渡久地を観察する。

「嘘を見破る方法はある」

「どうやって？」

「この男と話をさせてください」

「無理です」

「では、あなたが尋問で落とすんですか」

「今回は任意同行です。事件関与の証拠が無い以上、留め置ける理由がありません」

「わかりました」

踵を返す。拍子抜けしたような美姫を置いて警察署を出た。

渡久地の事務所は北埠頭《きたふとう》近くの倉庫群にあった。古い倉庫の壁に〈渡久地探偵社〉

の看板が掲げられている。倉庫の二階を事務所として借りているようだ。渡久地は簡素ながらホームページを作っていたので、事務所を見つけるのに苦労はしなかった。

事務所近くのコーヒーチェーン店でエスプレッソを注文した。道路に面したカウンターに座ると事務所の入口が視認できる。解放された渡久地が帰ってくればわかるだろう。

一時間ほどして事務所の前にタクシーが停まり、客が降りた。渡久地だ。片足を引きずるように階段を上がっていく。

急ぎ店を出て、事務所へ向かう。

渡久地が中に入ったのを確認し、静かに階段を上った。来訪を察知されたくはなかったが、階段のきしみ音が大きく、諦めた。案の定、ドアをノックすると、すぐに中から「どうぞ」と声がした。鍵の掛かっていないドアを開ける。

外観の印象とは異なり、室内は整頓されていた。

「すいません、今日は終わりなんですよ」

渡久地は入口に背を向け、デスク奥のクローゼットにコートを掛けている。

「調査資料の処分でもするんですか」

背中に言うと、渡久地は睨むように振り返り、目を丸くした。すぐさま笑顔を作り直したが、確信するに十分だった。

あの夜の白髪は、こいつだ。

「……どんな御用でしょうか。うちは浮気調査が多いんですが」

「時間が無いので、そういうのは結構です。先日は逃げられましたが顔は見ています」

カマをかけた。人影の顔は見ていない。

渡久地はこちらを凝視した。ハッタリを見抜かれないかと不安になったが、幸い感情が顔に出ない性質だ。黙って渡久地を見返す。

「……さあ、あいにく、こちらはオタクの顔を覚えていませんねえ。浮気調査は毎日してますんで。ちなみに、そん時の私の格好は覚えていますか」

渡久地はカマをかけ返してきた。見られていない自信があるのか。迂闊に答えれば、こちらのボロが出る。押し切るしかない。

「岩田と接触しただけなら偶然と言い張れるが、僕のことも尾行していたとなれば警察も引きませんよ。あなたは僕を嗅ぎ回っているうちに岩田信二郎を知った。岩田だけじゃない。他にも数人と接触している」

清水と文乃、そして、かすみ。渡久地はどこまで関与している？　睨み合いの時間が続いた。

先に痺《しび》れを切らしたのは渡久地だった。デスクチェアに腰かけ、煙草をくわえる。

「あんた、評判悪いねえ」

渡久地は陰険な笑みを浮かべ、ライターを手に取った。煙草に火をつけようとするが、着火せず、舌打ちして投げ捨てる。紳士同士なら火を貸してやるのだろうが、煙草は吸わないし、ライターを持っていたとしても貸すつもりはなかった。

「俺が言うのもなんだが、人間に対する思いやりが無いねえ。前はそれでも法医学者としては優秀って評価だったみたいだけどさあ。三件も立て続けばねえ。学生からも大学のお偉いさんからも評判ガタ落ちだよ」

「新しい情報ではないな。それに三件じゃなく、四件です」

「四件？　他にも誰か死んだのかい？」

渡久地が好奇の眼をした。かすみのことは本当に知らないのか。それとも惚《とぼ》けているのか。

「関わったのは殺人だけだと？」

「おいおい、先生。いい加減なこと警察に吹き込むなよ。俺にできるのは身辺調査ぐらいだ。殺しは請け負ってねえ」

「誘拐も？」

「なにぃ？　バカ言うな。俺は身辺調査の依頼を受けただけだ。ちょっとしたミスで岩田や先生とは顔を合わせちまったが、他のマル対には接触したこともねえ」

「岩田は児相前であなたを見て、引き返したんですね」

「ああ。あいつも先生も血相変えて寄って来やがって。肝冷やしたぜ」

「一緒にしないでください」

岩田も俺同様、視線を感じながら暮らしていたのだろう。

「依頼主は？」

「それは守秘義務ってやつでねえ」渡久地はうそぶきながら、また煙草に火を点けようとした。「……なんて言いたいとこだが、俺も知らねえんだわ。メールでしかやり取りしてねえから会ったこともねえし。使ったメールにしたって送信元を辿《たど》れないやつだ。ありゃあ、かなり慣れてるよ」

「どんな依頼だったんです？」

「それはさすがに守秘義務ですよ、先生」

「殺人に関わっていない証《あか》しを自ら放棄すると」

「……ったく、実際話すと本当に嫌な野郎だな。火は持ってねえかい？」

ない、と突き放す。

渡久地は短い罵声を吐いた後、諦めたように溜息をついた。

「最初の依頼は半年くらい前だ。突然、メールで先生の身辺調査を頼まれた。依頼人が身元を明かさないのは珍しくねえが、たいてい断る。今度のは金払いが良かったから引き受けた。私生活、仕事、人間関係、自慢じゃねえが、かなり調べさせてもらったよ。まあ、先生が無防備だったたってのもあるけどよ。そいで、報告書を送ったら、今度は臨床法医だっけか。それで関わった人間についても調べるよう言われてな」

「岩田、清水、黒須ですか」

「他にも先生の周りはさんざんっぱら調べたよ。まあ、先生は人付き合いが少ねえから範囲は限られていたけどさ。それでも三年分くらい働いたな」

「岸谷母娘についても？」

「ああ。特に行動パターンを念入りに調べるよう言われたな。あと、よく行く場所の監視カメラや人目についても。これは岩田たちにも言えるけどよ」

やはり犯人の真の標的は俺だった。岩田らの虐待行為には同情の余地がないものの俺と関わらなければ殺されることはなかっただろう。かすみと静香に至っては災厄以外の何物でもない。罪悪感に心臓を握りつぶされそうになる。

「依頼人の目的は？」

「そんなもん聞かねえよ。どうでもいい」

「報酬の受け渡しはどうしてるんです？」

渡久地はせせら笑った。

「先生は死体のことしか知らねえようだ。この国じゃあ戸籍だって簡単に偽装できる。銀行の架空口座なんていくらでも作れるんだよ。まあ、素人がいきなりやれるもんじゃねえが」

「偽装した戸籍からは本当の身元を辿れないんですか」

「難しいねえ。でも、なんとかできるかもしれねえ。これさえあれば」

渡久地は指で輪を作り、汚い歯を見せた。

腸《はらわた》が煮えくり返る。

「子供の命がかかってるんだぞ」

意外にも渡久地は青ざめた。

「……まさか誘拐っつうのは、あのお嬢ちゃん？」

「さらわれた現場には複数の実行犯がいた。お前もそこに？」

「ふざけんじゃねえ！」

「身辺調査だけで本番の依頼は無かったと言うのか」

「そんなもん、大金積まれたって受けるか！」

「依頼はあったのかと聞いている」

「ねえよ。岩田たちの殺しも聞いてなかった。知ってたら調査だって断ったさ」

渡久地の激昂が本心なのか演技なのか読めない。

「それに先生よ……俺みたいな看板出して営業してる探偵は犯罪に手ぇ貸したりしねえよ。リスクがでかすぎらあ。だが、金次第で引き受ける奴らはいくらでもいる」

「心当たりがあるのか」

「多すぎて収拾つかねえくらいだ。それこそ、戸籍を変えちまえば、足取りも簡単に消せるしよ。ただ、まあ、俺に依頼したのを鑑みると、誘拐の協力者も金で雇ったんだろうな」

金だけの繋がりとなれば、俺の人間関係から辿ることもできない。追跡は困難だ。

「それはこちらで調べます」

ドアの開く音に重なり、女の声が響いた。

間髪入れず、階段を駆け上がって来る数人の足音。

「はい、警察、警察。ガサ、ガサ」

先頭で入って来たのは美姫とベテラン刑事の児島だった。

「今から調べさせてもらうよ。裁判所からフダも出てるから」

物々しい刑事たちとは対照的に児島が飄々と渡久地に近づく。

「嘘でしょ、児島さぁん。ついさっきまで散々拘束されたのにぃ？」

児島に媚《こ》びた渡久地は美姫を見て眉を吊り上げた。

「さては姉ちゃん、ガサフダ取る時間稼ぎで拘束してたんだな！」

渡久地の罵声を気にも留めず、美姫は警察手帳と令状を見せた。

「スーパー魚八の監視カメラに、あなたが数日に亙《わた》って映っていました。身に覚えがありますね」

渡久地は観念したように卑屈な笑みを浮かべた。

「それは、今、こちらの先生にも説明してたところでしてねえ。私は調査依頼を受けただけで……」

「詳しくは署で聞きます。依頼人へ送った資料は全て出してください」

女刑事の気勢に老探偵はすっかり制圧されている。次いで、美姫の鋭い視線はこちらに向けられた。

「それと、真壁先生は外に出てください」

「……わかりました。いつだって警察には従いますよ」

両手を上げ、入口に向かった。しかし、あと一つ確認しなければいけないことがある。

「そうだ。渡久地さん、八雲にも行ったんですか」

ふいに尋ねられ、渡久地はきょとんとした。

「八雲に？　なして？　……ああ、先生は八雲出身ですもんね」

「十六年前の事件については？」

「十六年前って……先生まだ子供じゃないですか。そこまで調べてたら死んじまいますよ」

渡久地の調査報告で知ったのでなければ、犯人はハルの事件をもともと知っていたことになる。

「真壁先生」

美姫に睨まれた。心なしか渡久地に対するよりも当たりが強い。

「はいはい」

外に出て、階段を下りる。事務所の前には警察車両が集まっていた。

渡久地の話でぼんやりながら犯人像が浮かんだ。が、俺との接点は見当もつかない。

「真壁先生」

頭上から呼び止められた。美姫が階段を下りてくる。

「署では素直に引いたと思ったら、こんなことを企んでいたんですね」

「そっちこそ令状を申請していたのなら言って欲しかったですよ」

「……鑑識班からは宇佐美先生との関係を拗らせたくないと言われています。しかし、これ以上、看過することはできません。先生のしていることは捜査妨害です」

藺の忠告が当たった。

「小野田刑事は岸谷かすみがまだ生きているとお考えですか」

「もちろん、生きているものとして捜査を急いでいます」

「建前ではなく、本心を聞いているんです」

「先生が動き回っても、かすみちゃんは助かりませんよ」

「少なくとも緊急配備とうたって、山林で死体を探すよりいい」

美姫の目がきつくなった。児島がいないと美姫の敵意は露骨だ。

「そういえば、先生の論文を読みました。概要だけですが」

「嬉しいですね」

「これまで書いた論文の大半が絞殺と首吊り自殺に関する研究ですね」

「それが何か？　殺人の手口は半数が絞殺。自殺の七割は縊死。研究のテーマとしては王道だと思いますが」

「そうですか。学者さんの世界は知らないので勉強になります」

「相変わらず話が見えないな」

「すみません。失礼ついでにお聞きします。先生は睡眠薬も処方されていますね」

こいつ……なぜ、そんなことを聞く？

「ずいぶん、調べているようですね」

「関係者は全員調べます。先生だけではないので御容赦を。ですが、場合によっては事情を聞く日が来るかもしれません。もちろん、大学を通して」

「それが嫌なら大人しくしていろと？　自殺に見せかけた殺人なんて山ほどある。犯人にその気がなくても警察が勝手に自殺で処理することもありますから」

「……とにかく、先生のしていることは捜査妨害です。大事《おおごと》にするつもりはありませんが、宇佐美先生には報告させていただきます」

美姫はこちらの返答を待たず、戻って行った。

胸の内を素手で探られたような不快感が残った。

6

美姫の脅しは即効性があった。

翌日、解剖を終えると、横居と共に宇佐美から呼び出しを受けた。

「真壁先生、自分から立場を悪くするようなことは慎んだほうがいい」

俺と横居を立たせ、宇佐美は革張りの椅子に深く座っている。

「今の状況を早く打開したい気持ちは理解するが、余計に事態を悪くしていますよ。横居先生も脳外科の竹原先生にお願いしたそうですね」

「……はい。SBSの診断を」

矛先を向けられた横居が慌てて答えた。

「それもどうかと思いますよ。法医の仕事放棄にも取られかねません。真壁先生に頼まれたんだとしても軽率だったのでは？」

「申し訳ございません」

宇佐美は深く息を吐き、机の上で手を組んだ。

「我々はチームです。国と警察が法医を軽視している状況は昔から変わらない。警察が司法解剖を敬遠するなど言語道断。しかし、それがまかり通っているのが現実です。だからこそ、少しでも法医の権限や領域を広げるよう努めなければ」

「はい……」

横居は神妙な面持ちで返事をする。

「臨床法医に関しては、今後しばらく横居先生に専任していただきたい。さすがにこれだけ事件が続くと真壁先生には離れてもらうしかないでしょう」

お役御免。その経歴は俺の契約更新を絶望的にする。横居にとっては朗報だろう。

「お待ちください」

横居が異議を挟んだ。

「横居先生にはご負担をかけるが、ここは協力していただきたい」

宇佐美がいつものように『協力』を迫る。が、横居は憮然とした態度を取り消さない。

「私の負担が増えるのは構いません。ですが、真壁先生を外すことには賛成しかねます」

横居の言葉とは思えなかった。

「真壁先生は法医として真摯《しんし》に鑑定しただけです。ＳＢＳの診断を脳外科医に依頼したのも真壁先生が権威や縄張りよりも事実の解明を優先する学者だからでしょう。法医の矜持《きょうじ》を守った人間がペナルティを受けるようでは、この教室の矜持が疑われます」

「私は真壁先生にペナルティを与えようとは考えていないよ」

「大学や世間はそう見ません。今回の事件にしても、犯人は自殺に見せかけた殺人など簡単だと言っているようなものです。実際、真壁先生がいなければ、岩田信二郎や清水啓介は自殺で処理されていた可能性が高いでしょう。これは日本の検視制度や法医を嘲笑《あざわら》う行為です。真壁先生だけでなく、教室全体で戦うべきではないでしょうか。それこそ協力して」

これほど横居が宇佐美に盾突いたのは初めてだ。しかも俺のために。何の得もないはずだ。

「……真壁先生はどうお考えですか？」

横居に気圧《けお》された宇佐美は俺に水を向けた。

「おそらく……一連の事件は僕に関係しています。それにより宇佐美先生や大学からどのような評価を受けても仕方ないと思っています。しかし、岸谷かすみはまだ行方不明です。座して見ているわけにはいきません」

「法医の仕事は事実の解明です。特定の人物を救済することではありませんよ。それとも法医の職を逸脱してということですか」

「この事件で法医の出る幕はもうないかもしれません。しかし、僕自身にはまだできることがあるはずです。ここで投げ出しては、いずれ法医として壁にぶつかった時にまた逃げることになる」

「なるほど……お二人の考えは理解しました。真壁先生にはひとまず臨床法医を外れていただきますが、暫定的なものとします」

「差し出がましいことを言い、申し訳ございません」

横居が頭を下げた。

「いえ。教室にとっても重大な問題ですからね。忌憚《きたん》のない意見を聞けて良かった。しかし、両先生」

宇佐美の声色が変わる。

「これがどういう結果を招いても後悔しないように」

教授室を出て、ドアを閉めるなり、横居は溜息をついた。

「ああ、余計なことを言ってしまった……なのに、真壁先生は最後まで謝らなかったな。私だけ頭を下げるのはおかしくないか」

「何を謝れば？」

「あの流れなら、普通、一緒に頭を下げるだろう」

「そうでしょうか」

教室に戻ると横居は脱力したように椅子に座った。

「後悔しかないよ」

「横居先生」

「しばらく放っておいてくれ」

「ありがとうございました」

横居に深く一礼した。

「……」

横居は言葉を失っている。

教室の隅で青山がクスクスと笑った。

「……論文の手伝いぐらいじゃ済まないからな」

反応に困ったのか、横居は急ぐように教室を出ていった。いかにも小物といった後ろ姿だったが、同時に人一倍強い『法医の矜持』を感じさせた。

「どうなったんです？」

青山が入れ替わりで近寄って来た。

「臨床法医をひとまず外れる」

「良かったじゃないですか」

「どうして？」

「あれ？　先生は臨床法医をやりたくないんだと思ってましたけど」

「……」

「論文を書く時間も増えるんですから考えようによっちゃプラスですよ。なんで浮かない顔してるんです？」

「お前、そんなに鬱陶しい奴だったっけ」

「気にかけてくれる相手を鬱陶しいって思うの良くないですよ」

いや、ただただ鬱陶しい。が、確かに臨床法医に取られる時間が嫌だったはずだ。なのに、今は喪失感すらある。

「そういえば、警察が先生の連絡先を知りたいって言ってましたよ」

「小野田刑事だろ。ずいぶん簡単に漏らしてくれたな」

「何度も断ったんですよ。けど、しつこくて。先生、疑われてるんじゃないですか」

「これだけ関わりがある人間をノーマークにしておけないんだろう」

「でも、ホントに法医の殺人鬼がいたら最強ですよね」

「つい最近、似たようなこと言われたよ。俺は首吊りの専門家らしい」

昨日の美姫は冗談を言っているようには見えなかった。

「殺しの技術というより立場がですよ。証拠を消せるじゃないですか」

「証拠を消す？」

「まあ、ウチみたいな複数の法医がいる教室じゃ無理ですけど。法医一人で管轄している地域なら、その法医が不都合な痕跡を無視すれば無かったことになりますよね」

青山は嬉々として話している。じっと見ていると、目が合った。

「な、なんですか？」

「いや……」

青山から目を逸らしても混乱は続いていた。

何かが引っ掛かる──。違う、逆だ。歯車が一つ抜け落ちていて、そのため思考が空回りしているのだ。

モヤモヤを払拭《ふっしょく》できないまま二件の解剖を終えた。

帰路のキャンパスは辛うじて夕日に照らされていた。門に向かい、並木の下を歩いていると一本の枝が折れて垂れ下がっていた。それほど珍しい光景ではないが、何となく首吊りを想像させた。

意識し過ぎだ。笑い飛ばそうとした時、ふとモヤモヤの正体に気づいた。

ハルの遺体も解剖されたのだろうか——。

かすみの誘拐で頭から退けていたが、八雲の事件について、まだ情報を集めきれていない。事件が未解決ということは当時、証拠が不十分だったということだ。が、そもそも警察は証拠を全て把握していたのだろうか。

証拠の隠滅——。荒唐無稽に思えるが、仮にそれがあった場合、頼りになるのは第一発見者である自分の記憶だけだ。思い出せるだろうか。あの日、ぶら下がっていた死体や秘密基地に違和感はなかったか。不鮮明な記憶の断片をかき集めた。

と、腰の辺りに衝撃が走った。いつの間にか門を出ていた。

油断していた。というより、頭から消し去っていた。俺を尾行していたのは渡久地のはず……。身体が硬直する。

「すみませーん」

恐怖は子供の声で霧散された。

見下ろすと、足元で小学生の男子が倒れている。走ってきてぶつかったようだ。周りには下校中らしき小学生たちが歩いていた。

足元の小学生が起き上がろうと地面に手をついた。怯えているようだ。怒られると思ったのだろう。

「……気をつけて」

そう言うと、小学生はぺこりと頭を下げ、友達の輪に戻った。男子は黒、女子は赤やピンクのランドセルを背負っていた。

突如、吐き気がこみ上げた。少し遅れて、秘密基地の死体がフラッシュバックする。過去の呪縛からまだ解放されていなかったのか。脳裏に繰り返し現れてきたハルの首吊り死体。しかし、いつも直視せず、目を逸らしていた。

倒れそうになるのを踏ん張り、記憶の中のハルを初めて凝視した。こちらを向いているハルはロープを軸にゆっくり回転している。だらりと垂れた手足。地面に落ちているコスモス。そして、身体の向きが変わっていき——背中には赤いランドセル。

「おじさん、大丈夫？」

子供の声で我に返った。ぶつかった小学生が心配そうに見上げている。

「いや……」

「具合悪いの？」

「いや……おじさんじゃない」

ふらつきながら、その場を離れた。

アパートの階段を上がるのも辛い。這うように玄関を開けると、廊下に繭が立っていた。

「どうしたの？　真っ青だよ！」

「……ハルのランドセルは赤だったか？」

「は？　何言ってんの。早く横になって」

「出かける」

「ダメだよ。今にも倒れそうじゃない！」

「すぐ良くなるさ。それより大事なことを忘れている気がするんだ。図書館で過去の新聞を探してみる。ネットに上がってないハルの記事があるかもしれない」

「……お兄ちゃん、座って」

「急いでるんだよ」

「いいから！」

言い合いをする気力もない。ソファに座ると、繭がキッチンから二人分の紅茶を持ってきて、テーブルに置いた。

「コーヒーばかりじゃ身体に良くないでしょ」

紅茶を飲み干す。少し眩暈が治まった気がする。立とうとすると、繭が手で制止した。

「いい加減、現実を見て。このままじゃ、お兄ちゃん、壊れちゃう」

「犯人は十六年間、人を殺し続けてきたのかもしれない。犯人の狙いが俺である以上、逃げられないんだよ」

「それはお兄ちゃんが勝手に思い込んでるだけでしょ！」

「ハルのランドセルが赤かった……」

「さっきからどうしたの？　おかしいよ！」

「何か見落としているんだ、きっと」

「……じゃあ、その心配を解消してあげる。ハル君のランドセルは黒だった。小学校で赤いランドセルを背負ってた男子なんていなかったでしょ」

「……」

そうだ。もし、ハルが赤いランドセルを背負っていれば覚えているはずだし、クラスでも一度は話題になっているはずだ。記憶が歪んでいるのか。だが……。

「勘違いなら勘違いでいいんだ。それでも十六年前に向き合わないと。前へ進めない」

「とにかく、少し休んでよ。まだ顔色悪いんだから」

「早くしないと図書館が閉まる」

「具合は？」

「眩暈はするが、歩ける」

「だめ。三十分でいいから横になって」

「……十五分だ」

ベッドに倒れ込んだ。

天井がぐるぐる回っている。変だ。眩暈とも違う。本当に頭がおかしくなっているのか。倦怠《けんたい》感に勝てず、目を閉じる。周囲の音が徐々に消えていった。

闇の中でクラクションが鳴っている。うるさい。寝かせてくれ。いや、寝てはいけない。目を開けろ……。まぶたが眼球に張りついたようだ。

やっとのことで薄目を開く。まぶた同様、身体が鉛のように重い。枕元の時計は十九時二分と表示されていた。

まさか……。二時間経っている。

重い体を引きずり、寝室を出た。リビングは真っ暗で繭の姿は無い。トイレに駆け込み、喉の奥に指を入れて嘔吐する。これまでの体調不良とは明らかに容態が異なる。

過去への拒否反応ではない。

キッチンで水を飲むと、少しだけ気分が楽になった。周囲を見渡す余裕ができ――戦慄した。

エスプレッソマシンの横に睡眠薬が散らばっている。錠剤を砕いた形跡もあった。回らない頭でもわかる。睡眠薬の多量摂取。寝ている間に飲まされたのか、それとも……。

リビングの電気を点けると、テーブルにマグカップが二個。繭の紅茶は一口も飲まれることなく残っていた。

7

睡眠薬の効果はなかなか消えず、タクシーの後部座席で何度も意識が途切れた。閉館間際の図書館に利用者はほとんどいなかった。おぼつかない足取りで新聞資料のコーナーを探す。案内板には、それが最奥にあると示されていた。

わずか数十メートルの距離が果てしなく感じられる。卒倒しそうになる度、書棚や壁に手をついて眩暈が治まるのを待った。見かねた司書が声をかけてきたが、返事をするのも億劫《おっくう》だった。

やっと新聞の縮刷版コーナーにたどり着いた。一巻ごとに一年分の記事がまとまっている。地方紙の棚から探すことにした。地方紙なら小さなローカルニュースも取り上げているはずだ。目についたのは、比較的最近の年度分だった。そこから過去の巻に目を這わせる。

「……？」

年度順に並んだ縮刷版が途中で一巻抜けている。何度も確認したが、十六年前の年度分だけが消えていた。

胸騒ぎを抑え、全国紙の棚に移った。

……どういうことだ。

全国紙の縮刷版も十六年前の巻だけが抜き取られていた。

誰かが先回りしたのか——。

呆然《ぼうぜん》としているところに司書がやってきた。手には縮刷版を持っている。

「読んだらきちんと返してくださいね」

司書は不機嫌そうに言い残し、縮刷版を書棚に差して戻って行った。返って来たのは十六年前の巻だった。

偶然か……？　地方紙の縮刷版を手に取り、側の閲覧ブースに入った。ブースは前と左右を仕切られ、周りから見えなくなっている。ブースのデスクに縮刷版を置き、十月の辺りを開いた。事件の日付までページをめくる。

と、何者かの手が横から伸び、ページをめくれないよう縮刷版を押さえた。

咄嗟に手の主を見上げる。

「お前……」

藺だった。

「首を突っ込まないでって言ったでしょ」

「……睡眠薬はお前か？」

「……」

「どうして、ハルのことを調べさせたくないんだ？」

「お兄ちゃんのためだよ」

「嘘だ」

藺は黙った。

「藺……お前、岸谷かすみの誘拐に関わってるのか」

「意味不明。何を言ってるの」

「いくらパニックだったとはいえ娘の叫び声に岸谷静香が気づかないはずがない。いつの間にか消えたということは、かすみは声を出さなかったということだ」

「だから？」

「声を出させず、車に引き込めるのは、かすみが心を許した人間だけだ」

「それが私？　子供に声を出させない方法なんていくらでもあるでしょ。それこそ首でも絞めればいいじゃない」

「……お前、いつからそんなこと言うようになった？」

「お兄ちゃんを守るためだよ」

「妹に守ってもらう必要はない」

藺の腕を摑む。

「だめ！　お兄ちゃん、これが最後だよ。今すぐこれを閉じて家に帰って」

「……藺、もう決めたんだ」

藺の手をどかし、ページをめくった。

地域面の片隅にその記事はあった。

八雲　小2女児　首つり遺体で発見
9日午後3時ごろ、八雲町の山林で小学2年生の女子児童が首をつった状態で亡くなっているのが発見された。発見されたのは真壁繭さん（7）で遺書は見つかっていない。

視界が濁る。息を吸えない。

フラッシュバック。いつもの秘密基地。首を吊っていたのはハルではなく、繭だった。

咆哮《ほうこう》――。自分がどんな声を出しているかわからない。椅子から床に崩れ落ちる。

駆け寄る司書たちの足だけが見える。手足が痙攣し、その感覚も意識の遮断と共に失われた。

8

校門に妹はいない。土曜日はどの学年も三時間目で終わるから、いつも一緒に下校しているのに。

遅いから先に帰ったんだろう。あいつ、まだ怒ってるかな。

――お兄ちゃんのバーカ！

最後に見たマユの怒り顔を思い出す。

ハルもいないから、久しぶりに一人で帰ることにした。だけど、まだ家には帰りたくない。

そうだ、秘密基地に寄ろう。でも、首吊り婆が戻って来たらどうしよう……。いや、警察が近くをパトロールしてるはずだから、きっとこの辺にはいないだろう。もしかしたら、ハルも行ってるかもしれない。あの漫画は描き直す。マカベスとハルタン星人がプロレス大会に出るのはどうかな。ハルはプロレス好きだっけ？

パトカーが通り過ぎた。秘密基地のことはバレてないみたい。月曜になったら警察に本当のことを言って、ハルにも謝ろう。その前にもう一度だけ秘密基地で遊んでおくんだ。
あれ、誰かいるのか？
基地に何かがぶら下がっている。
首吊り婆……？　でも小さいぞ。
……。
……。
どうして、家で葬式なんてしてるんだろう。
どうして、マユの写真を飾ってるんだろう。
どうして、お父さんはマユが死んだなんて言うの？
マユはここにいるじゃないか。ほら、退屈だって言ってるよ。
マユ、お兄ちゃんと公園に行こうか。ちょっと具合悪いけど大丈夫だから。
やめてよ！　仏壇にマユの写真なんて置かないでよ！　かわいそうじゃないか！
お父さんなんか大嫌いだ！　マユをいじめるな！　僕の妹をいじめるな！
「やめろ！」
自分の叫び声で目が覚めた。

見慣れない部屋――病院か？　ベッドに寝かされている。

「ああ、真壁さん！」

若い看護師が入って来た。

「……ここはどこですか」

「市立病院ですよ。昨夜、図書館で倒れられて救急車で運ばれたんです」

「真壁先生！」

今度は中年の医師がやってきた。こちらの素性は割れているようだ。

「おお、良かった。体調は？」

「……普通です」

「血液検査とCTを行いましたが、大きな問題は見当たりませんでした」

「お手数おかけしました。おそらく、睡眠薬が効き過ぎたんだと思います」

医師は不可解そうに眉を動かした。当然だ。外出前に睡眠薬を飲む馬鹿はいない。

一応、同業ということもあり、それ以上の追及は控えてくれた。

「疲労と睡眠不足も溜まっていると思われますので、仕事柄難しいでしょうが、お気をつけください。ああ、あと、お父様が心配しておられましたよ」

「……父に連絡を？」

「ええ、意識障害があったので、念のため」

「そうですか……」

「しばらくは安静に。宇佐美先生にもよろしくお伝えください」

医師は看護師と病室を出ていった。

一人になり、自分の身体を確認した。多少の倦怠感と頭を打った痛みはあるが、動くことはできる。

看護師が貴重品ボックスの開け方を教えてくれていたので、財布とスマホを取り出した。スマホは電源が入らない。財布を手に病室を出た。

同じ階の公衆電話まで行き、小銭を入れる。唯一覚えている電話番号にかけた。

「もしもし」

すぐに父が出た。

「もしもし」

「天か……大丈夫だったか？」

「うん。それで……繭のことなんだけど」

「……うん、どうした？」

「位牌《いはい》とかはまだある？」

電話の向こうで父が黙った。沈黙は長く、再び話し始めた声は涙ぐんでいた。

「ああ……あるよ。全部ある」

記憶が戻ったのか——と、父は聞かなかった。子供二人を養うだけで手一杯。人付き合いが下手で子供との接し方もわからない。そんな父は、妹の死を受け入れない息子を遠くから見守り、十六年もの間、孤独を引き受けた。

「今度、帰ったら線香を……」

その先は言えなかった。まだ現実を受け止められない。

「……ああ。いつでも来なさい。待ってるよ」

父の声はいつもと変わらないはずだ。なのに、なぜ温かく感じるのだろうか。

電話を切り、病室に戻った。締め切ったアパートとは違い、明るい個室には当然ながら誰もいない。「ドジだね」と言いながら今にも繭が入って来そうな気がする。

ベッドに座り、窓の外を見た。頭の中の霧が晴れていく。十六年間、精神的に苦しくなるといつも繭が現れた。たいてい口喧嘩して帰って行ったが、存在を確認するだけで心の支えになった。間を置いて再会する度、少しずつ成長し、大人になった姿まで見せてくれた。

全ては心が壊れないよう防御する解離症状だった。

脳裏に、二人分の紅茶を用意し、多量の睡眠薬を砕く自分が浮かんだ。図書館の縮刷版を抜いて、離れた机に置いたのも自分自身だった。八雲の事件に接近する度、体調を崩し、記憶が曖昧になったのは繭の死に感づくのを妨げる自己防衛だったのだろう。

縮刷版を押さえていた繭は必死だった。

「世話をかけたな……」

傷ついていないふりはやめる。逃げてきたことを誤魔化さない。今まで繭や父、他にも様々な存在に守られてきた。今度は自分の番だ。かすみとチッチモー、そして繭と四人で遊んだままごとを思い出す。

岸谷かすみを殺させてはならない――。

まだ本調子ではない頭を無理矢理回転させた。手がかりは潰《つい》えている。思考を整理してくれた繭ももういない。だが、それでも考えろ。かすみを救う一手を。

最後に見たかすみは笑顔だった。

それを見つめる繭。

こちらからは見えないチッチモー。

「……」

まるで脳の留め金が外れたような感覚に包まれた。かすみ達との平穏な光景を発端に、遭遇してきた人物や場所、物品が脳内で再構築される。手がかりのピースが足りなかったのではない。ピース全体を入れ替える必要があったのだ。

結果、一人の人物が浮かび上がった。

「まさか……」

温かかった気持ちが恐怖に取って代わられる。これが事実なら今までの人生を否定することになる。法医を志したことすら。

ただ、今はそれも仮説に過ぎない。証明するには手助けが必要だ。急な頼みを引き受けてくれるだろうか。

ハンガーからコートを取り、袖を通す。廊下には誰もいない。病室を飛び出し、顔を見られないよう俯きながら玄関に向かった。

第四章

1

市街を挟んで函館山の反対側に位置する東山。

中腹にはラブホテルが散在し、地元の人間もそうそう立ち寄らない。観光地の函館山とは対照的だ。ラブホテル群から少し離れた一角に古いレンガ造りの建物があった。小さな駐車場もある敷地の入口には〈こんどうペット葬儀社〉と書かれた看板が立てられている。

タクシーから降り、葬儀社のインターホンを押した。玄関には防犯カメラが設置されている。ドアが開き、近堂が顔を出した。

「真壁先生！　どうされたんですか、こんなところまで」

「お休みのところすみません。急ぎでご協力いただきたいことが」

「……ご存知だと思いますが、ここは家族が経営している会社でして」

「知っています。御社に問い合わせたら、こちらだろうと」

「私のケータイに直接お電話いただければ」

「どうしても直接会ってお願いしたかったので」

「はあ……とにかく中へどうぞ」

近堂は呆れ顔で招き入れた。

「先日、新社屋に引っ越してしまったので、お構いできないのですが」

社屋内は机一つ無い状態だった。外側ほどではないが、内装のレンガ壁もだいぶ古びている。

「それも聞いています。今日は他に誰か？」

「いえ。みんな新社屋にいます。人手が足りないというので、最後の片づけを手伝っていたんです。でも、弱ったな……」

近堂は鼻の頭を掻いた。

「児相には言いませんよ」

「助かります。それでどんな協力を？」

「脅しているみたいで恐縮ですが、教えて欲しいことがいくつかあるんです」

「何でしょう？」

「会社の手伝いは片づけだけじゃないですよね」

「……やばいなあ、どこまで知ってるんです？　この会社はもともと普通の葬儀社だったんですが、私がペット葬儀を立ち上げたんです。ただ、学生時代ですよ。公務員になった際、事業は全て父に渡していますから」

近堂は備品を段ボールに仕舞いながら言った。自慢話に聞こえないのは、さすがだ。

「本社は札幌ですよね？　なぜ、函館の児相に？」

「函館には土地勘があるんです。この支社を手伝いに以前からしょっちゅう来ていたので。あ……これも内密でお願いします」

「商才があるんですね。是非、法医学教室の運営にもアドバイスを」

「とんでもない。所詮は素人のラッキーヒットですから。私が宇佐美先生の采配にあれこれ言うなんてできませんよ。あの方はかなりの策略家だと思いますし」

「そうですね。指示を受ける人間は大変ですが」

「……あのう、真壁先生？」

近堂が困ったような顔をした。

「なんでしょうか」

「お聞きになりたいことというのは？　そろそろ次の用事がありますので、できれば手短にお願いしたいのですが」

「そうですね。では、本題に入ります」

社屋の中を見渡す。広い室内には段ボールが数個あるだけだ。

視線を近堂に戻し、切り出す。

「岸谷かすみはどこに？」

近堂はぽかんとこちらを見つめている。

突風が窓ガラスをガタガタと揺らした。

「……それは、どういうことでしょう？」

「子供を怯えさせず、連れ去れる人間は顔見知りである可能性が高い」

「ちょっと待ってください。私がかすみちゃんを誘拐したと？　それだけの理由で？」

「根拠は他にもあります。全て言いましょうか」

「もちろん、お願いしたいですが、急いでまして」

「時間はかけません。ここを少し調べさせてください」

「この社屋を？　警察には話してるんですか」

「まだ仮説段階ですので。もし、間違っていたら謝ります」

「……謝る、ですか……断ったらどうなります？」

「許可が出るまでここに居ます」

近堂は苦笑し、片手を横に掲げて許可を示した。

オフィスの奥に向かう。これが濡れ衣だったら謝罪どころでは済まない。法医の領域をはるかに逸脱し、民間人を名誉毀損したことになる。法医生命は完全に断たれるだろう。

奥の壁にはドアが二つ並んでいた。片方はおそらくトイレだ。もう一方のドアノブを回した。鍵が掛かっている。

「開けてもらえますか」

近堂はやれやれといった顔で鍵を開けた。

隣接していたのは六畳程度の部屋だった。段ボールや工具、不用品と思われる資材が置かれている。

「収納庫代わりに使っていた部屋です。あとは隣のトイレくらいしかありません。そちらもご覧になりますか」

「ええ、念のため」

収納室を出て、トイレのドアを開けた。意外と狭い。壁と床はレンガだったが、便器は温水洗浄便座付きで綺麗に使われていた。小物類が撤去された跡があるので、もとは洒落《しゃれ》たトイレだったと想像できる。

「かすみちゃんは居ましたか」

近堂の皮肉は珍しいが、聞き流してオフィスの中央に戻った。そこから今確認した二つのドアを見比べる。

「真壁先生、時間がありません。もし、私をからかっているつもりなら続きは今度にしてもらえませんか」

近堂の脇をすり抜けて、また収納室に入った。

トイレ側の壁を軽く叩いてみる。

「先生……いつまでやるんですか」

「この壁あまり厚くないですね」

「そうですか？　特別薄いとも思いませんが」

「いえ、この壁は厚くないとおかしいんですよ。オフィスの幅に対し、この収納室とトイレを合わせた幅が明らかに短い。間尺が合っていないんです」

壁のレンガを一つ一つ撫でるように触る。

「ここだな」

押すと、レンガ壁の一部が回転し、裏に奥行二メートル程のスペースが現れた。

「よくある隠し扉ですね」

コートのポケットに手を入れた。ノートが丸々一冊入るほど大きなポケットだ。そこからペンライトを取り出し、スペースを照らす。すぐ脇に地下へ下りる階段があった。ちょうどオフィスの真下に地下室があるようだ。

「御存知でしたか」

「……ええ、まあ。昔、金庫を置くために作ったそうです。最近は全く使っていませんでしたが……見ますか」

「できれば」

「ですよね」

近堂は腕時計を見て、諦めたように後ろに下がった。

ペンライトを手に壁の裏に侵入した。階段の下を照らすと鉄製のドアが見える。

地下に下りるべきか否か、躊躇《ちゅうちょ》した。頭の中で危険信号が鳴っている。逡巡していると小さな光が見えた。目を凝らす。階段の隅で何かが光っている。

全身が粟立ち、熱くなった。

光っているのはペンライトを反射した金色のシールだった。

「まいったな」

背後で近堂の笑う声がした。

2

いつの間にか床に倒れていた。後頭部が割れるように痛い。おそらく後ろから鈍器で殴られたのだろう。

隠しスペースが明るくなっていた。

「シールか。いつも電気を点けているから気づかなかった」

頭上で聞こえる近堂の冷たい声。まるで別人のようだ。

ずっと背後を警戒していたのに……シールを見つけた瞬間、気が逸れてしまった。

「真壁先生、どうぞお好きにしてください。地下に下りて、あの子を探してもいいし、このまま帰ってもいい」

近堂を見上げた。焦点が合わず、シルエットがぼやけている。

「……何を狙ってる？」

「真壁先生の選択を見届けたいだけですよ。私は先生の記事を見て児相に来たほどのファンですから」

「……俺を帰したらどうなるか……わかってるだろ」

「どうなるというんです？　警察が地下を探したとして、あの子が見つかるとは限りませんよ。まあ、先生への暴行は咎められるかもしれませんね。でも、こっちは不法侵入されてるからなあ」

「とぼけるな……ここに……あの子がいるんだろう」

「どうでしょうか。下りてみないとわかりませんね。ちなみに、地下室は完全防音でケータイも通じないらしいですよ。これが鍵です」

　近堂は眼前に鍵を投げ捨てた。

　起き上がろうと床についた腕が震える。近堂に摑みかかっても結果は見えている。ここは従うべきか。

「本当にどっちを選んでもいいんですよ、先生」

　地下室に入れば、何をされても周囲に知られない。リスクが高過ぎる。退くのが正解だろう。しかし、万が一かすみが生きていたら……警察を呼んで戻って来る間に命が危ない。

　決断できない自分を恥じた。これまで常に重大な判断を誤ってきた。事件に深入りしなければ、かすみが危険に晒《さら》されることはなかった。くだらない意地を張らなければ、繭はきっと死なずに済んだ。

また俺は判断ミスを犯すのではないか――。

「かもね。お兄ちゃんって勉強はできるけどドジだから」

胸を締め付ける声。

「……」

ゆっくりと声のしたほうを見る。急に振り向けば消えてしまいそうな気がした。

階段の脇に藺が立っていた。

「藺……？」

「お兄ちゃん一人じゃ、まだまだ不安だからね。来てあげたよ」

藺はバカにしたように笑った。

「ほら、グズグズしない。かすみちゃんが泣いてるよ」

しかし……本当にそれが正解なのか？　記憶が戻って以来、自分がとても弱く、無能な人間に感じられる。

「迷ったふりなんてするんじゃありません。最初から決めてるくせに」

藺はオーバーに怒って見せ、ふと哀《かな》しそうな顔をした。

「お兄ちゃんはいつだって自分より私を守ってたじゃない」

「……」

視界が晴れる。

そうだ。一体、何を迷うことがある——。かすみを見殺しになどできない。

鍵を拾い、立ち上がった。

「やっぱり。それでこそ真壁先生だ」

喜ぶ近堂を一瞥し、地下室への階段を下りた。頭上で繭が満足げに見送っている。

地下まで下り、鉄のドアに鍵を差した。鍵は簡単に回ったが、ドアを押すのには力を要した。ゴトンと音が鳴り、分厚いドアが開いた。防音は本当のようだ。

レンガ造りの一階と打って変わり、地下室はコンクリートの壁と床に囲まれていた。コンクリートの経年は判然としないものの一階の建物よりは明らかに新しい。

膝に激痛——脚から崩れ落ちた。

落とした鍵を近堂が拾う。手には大きなスパナが握られていた。

「これぐらいは覚悟してましたよね」

膝の関節が外れたか、骨折している。歩くことも難しい。が、頭は冷静だった。這いつくばりながら部屋の中を見回す。

地下室は地上の建物とほぼ同等の広さで、階段の分だけスペースがつぶれた凹《おう》の字状をしていた。地下室にしては天井が高い。

「せんせい……」

見ると、扉横のスペースに置かれたソファにかすみが乗っていた。

「……たすけにきたの？」

「ああ……チッチモーがここにいるって教えてくれたんだ」

かすみはソファから飛び降り、こちらに駆け寄った。

へたり込んだまま、かすみを抱きとめる。

「とっても大人しくて良い子でしたよ。だから縛らないであげた」

近堂が笑った。

怒りと安堵が交差する。

「……せんせい、あれこわいの」

かすみは部屋の奥を指差した。入った時からそれは目に入っていた。かすみにすぐ気づかなかったのも、そのおぞましい異物に気を取られていたからだ。天井にフックが設置され、ロープがぶら下がっている。首吊り用であることは一目瞭然だった。

かすみからロープが見えないよう体勢を変える。

「ここにチッチモーはいる？」

「うん。ここにきてからいろいろなおはなししてくれてるの。こわくないようにって」

「じゃあ、目をつぶって、もう少しチッチモーと話してて」

「うん」

かすみは抱き着いたまま目を閉じた。

「先生。ここに下りたのは間違いだったと思ってます？　大丈夫。そんなことないですよ。どのみち先生を帰すつもりはなかったので」

近堂は薄ら笑いをたたえてドアを施錠した。

「岩田たちをやったのもお前か」

「岩田たち……というと、どこまで入るんです？　清水啓介と黒須文乃？」

「……他にもいるのか」

「当たり前じゃないですか。たった三人のためにこれだけの準備はしませんよ」

天井のフックはモーターで高さが上下するようになっている。睡眠薬で朦朧《もうろう》とさせた人間の首にロープを掛けて引き上げれば、自殺と変わらない状態の死体が出来上がるだろう。これまで自殺と断定された死体の中にこの男の手にかかった人間がどれだけいるのか。

「正確な数は覚えてませんけどね。子供を傷つけるクズなんて数える気にもなれないので」

「虐待加害者のことか」

「子供の心を壊し、命まで奪う人間でも尊重される社会ですから。先生が虐待を暴いたって、奴ら、すぐに出てきたじゃないですか」

児相のロビーで怒鳴り散らした岩田に反省の色は見えなかった。再び奴の手に子供が戻っていたら……。

「連中が息をしている限り、子供は死ぬまで傷つけられるんです」

「だから殺すと？」

「虐待する親とその子供、先生はどちらの命を救うべきだと思いますか」

承認欲求に駆られて息子を虐待していた黒須文乃。息子の英輔は震えながら母に従っていた。それでも生きているだけマシかもしれない。虐待鑑定の機会すらなく、子供が無残に殺されるケースも多い。虐待する親にも同情の余地がある、などと言っている間に子供が死ぬ。それが現実だ。

しかし、近堂の言い分はおかしい。こいつの理屈と行動は大きく矛盾している。

「……子供をさらっておいてよく言う」

「ああ、その子には何もしていませんよ。まだね」

近堂はわざとらしく笑い、スパナを振り上げた。その視線はかすみに向けられている。

そう。こいつ自身が子供を傷つけているのだ。そして、俺はこいつの最初の殺人を知っている。

「お前の犠牲になったのは、この子だけじゃない……」

「と、いうと？」

「どうして殺した……」

肩が震えた。

「どうして……繭を殺したんだ、ハル！」

3

地下室の空調音だけが響いている。

スパナはまだ振り下ろされない。

「繭の死を認めたことで、やっと気づいた。お前のおかしな行動を」

「……ほう、興味深いですね」

「大学の庭園でままごとをした時、この子は俺と繭の会話をすんなり受け入れた。俺にもチッチモーのような友達がいると思ったんだろう」

かすみが背中でわずかに動いた。

「だが、なぜ、お前も疑問を示さなかった。この子の母親は奇妙そうに俺を見ていたぞ。当たり前だ。目の前の男が虚空に向かって話してるんだからな」

「……」

「それは、お前が繭の死を知っていたからだ。だから俺が幻覚を見ていることにも感づいていた」

「……そんな不確かな勘だけでここに来たんですか。ずいぶんギャンブラーですね」

「俺はギャンブルなんてしない。もっと分の悪い仕事をしてるからな」

「では、他に根拠が？」

「殺人犯は迂闊に指紋を残すべきじゃない。黒須文乃の住所をメモした紙からお前の指紋を取らせてもらった」

「それで？ 無害な児相職員、近堂秀一の指紋を取ったところで無意味でしょう。死体と一緒に指紋を残すヘマはしていませんよ」

「いや……すでに大学で照合し、ある証拠との一致を確認している」

「照合……？ 何と？」

答える代わりにポケットから小さなノートを取り出した。表紙にはマカベスとハルタン星人の絵。裏表紙には〈作・真壁天　春田《はるた》秀一《しゅういち》〉と書かれている。

「紙に付着した指紋は十六年では消えない。戸籍は誤魔化せても指紋は誤魔化せないんだよ、ハル」

近堂を名乗っていた男、春田秀一――ハルはノートをじっと見つめ、噴き出した。

「笑える！　お前まだそんなの持っていたのか！」

ハルはスパナを肩に乗せ、満面の笑みを浮かべた。

「遅いぞ、テン！　やっと気づいたのかよ！」

ハルの笑顔には幼き日の面影が浮き出ていた。

仮説も指紋照合の結果も間違っていて欲しかった。親友への罪悪感に牽引され、法医を目指してきた十六年間は一体何だったのか――。

「病院で会った時さあ、いつテンが俺に気づくかってドキドキしてたんだぜ。まあ、見た目がだいぶ変わってるから気づかれないとは思っていたけどさ。で、妹はここにもいるのか。チッチモーと遊んでる？」

ハルは陰険に笑った。

「まさか、妹がまだ生きてると思い込んでたなんて、予想してなかったよ。正直がっかりしたぜ。それじゃダメージ半減じゃないか。せっかく、お前から繭を奪ってやったのに」

「……」

「だからさあ。面倒だけどもう一回奪ってやんないといけないなと思って」

「それが、この子か」

「昔から手間のかかる奴だよ」

「友達へのサービスってわけか」

「ふん、友達ねえ」

ハルは鼻で笑った。

友達であったことすら否定されるのか。

「まあ、他の奴らはレベル低かったから、お前ぐらいしか遊べる奴がいなかったけどな。でも、お前のことはずっと邪魔だったんだよ」

「……」

心当たりはある。

「お前がいなければアイツに毎日殴られることもなかった。あんな小さな学校で一番取れないなんて理不尽だろ。お前があそこまで虐待をエスカレートさせたんだ」

「……おばさんは死んだと聞いたぞ」

「ああ。殺した。俺と無理心中しようとしやがったから。一緒に首を吊ろうと誘って、乗っていた椅子を蹴ってやった。アイツが無力になる様《さま》を見て思ったよ。やっと正解を出せたってな」

「それのどこが正解だ」

「お前が言うな」

ハルにギロリと睨まれ、息が止まった。

「それでもずっとお前と繭は仲間だと思っていた。お前ら兄妹も親から酷い目に遭わされていると思っていたから。でも嘘だった。お前の親父はクズだけど、虐待はしていなかった。騙《だま》しておいて何が友達だ」

「騙してたわけじゃない。お前がそこまで酷い状況だったなんて知らなかった」

「もういい。そういうわけだ。仕返しされても文句は言えないだろ？」

「なぜ、俺を殺さなかった……なぜ、俺じゃなく、繭だったんだ！」

「下校する時たまたま玄関で会ったんだよ。お前のこと待ってるって言ってたけど、まだしばらく来ないからって、基地に連れてった。そしたら、あいつ、ロープに興味津々でさ。肩車してやったら、ふざけて首に掛けたんだ。そん時、ふと思ったんだよ。

今、こいつを落としたらどうなるのかなって……あとは想像どおりだ」

「……」

「すぐに捕まるって覚悟してたんだぜ。でも、結果はこのとおり」

「……繭は俺を待っていたのか」

「そうだよ。ちんたらしてたお前が悪い。俺にとってはいい勉強になったけどな。今でもその経験が生きてる」

あの日、一緒に帰っていれば、ハルは違う道を歩んだかもしれない。繭だって殺されることはなかった。

「……確かに俺のせいだな」

「でも結果的には悪くないぜ。おかげでボランティアを始められたんだ。俺は親を殺せたけど、小さい子には無理だろ？」

「物は言いようだな」

「お前にはこの大変さを認めて欲しいよ。日々、改善と効率化の繰り返しなんだぞ。ほら、あれ見て」

ハルが顎で指した先に、扉がついた金属の箱があった。

「うちの会社でも使っている大型犬用の火葬炉だ。人間の大人にも使えるよう改造した。少し古いタイプだけど、煙も臭いも出ないから十分。排水もやっと整ったし、次から使おうと思ってる」

火葬炉の脇には便器があった。

「残った骨は砕いて、下水に流す……か」

「そうそう。これを使えば、もう山林に吊るす必要もない。自殺の偽装もしなくて済むんだ。スゴイだろ？」

ハルは自慢げに微笑んだ。

「だけど、新聞でお前の記事を見た時は驚いたよ。学生の頃にも一度、静岡に行ってお前を吊ろうと考えたんだけどさ。土地勘がない場所はリスクがあるから。戻って来てくれて丁度良かった。お前を殺すってのは十六年前からの決定事項だからさ」

ハルは再びスパナを振り上げた。

終わらせようとしている——。そう直感し、慌てて喋り続けた。

「ハル、久しぶりに会ったんだ。もう少し話そうぜ」

「お前がそんなに往生際が悪いとは知らなかったな。でも、悪い。本当に時間がないんだ」

インターホン——。場違いな明るいメロディーが鳴り響いた。

「あれ、少し早かったな。先約があってさ。いつも拉致を手伝ってくれてる奴ら。安くはないけど、それなりの手際で重宝してる。頼めば、お前のことも上手く処理してくれるぞ」

「いいから話を聞けよ、ハル。往生際が悪いのは認めるけどさ」

「あまりカッコ悪いところ見せんなって。お前の価値を下げたくないんだ」

「そう言うな。カッコ悪いなりの理由があるんだよ」

ハルが壁のモニターに近寄り、ボタンを押すと画面に玄関前の映像が映った。

「そういうことか……」

モニターの画面には美姫と児島、数人の刑事が映っている。

かすみを背中に隠すよう身体の向きを変えた。顔を顰めたハルと対峙《たいじ》する。

「来た時から、ずいぶんグダグダしていると思ってたが、時間を稼いでいたのか」

モニター画面の中で刑事が窓を破り、一斉になだれ込んだ。

「令状が出るまで時間がかかるって言うからさ。こっちは一刻を争ってるってのに」

「……昔から、お前のそういうところが嫌だったんだ」

ハルがスパナを横殴りに振った。首から飛ばされる。

「せんせい！」

かすみの声が辛うじて意識を繋ぎ留めた。かすみを片腕で抱え、後退りする。が、すぐ背中が火葬炉にぶつかり、後がなくなった。

「お前らの声は外に漏れない。隠し扉も動かないようロックしてある。ここが見つかるとしても、お前らが灰になって下水を流れた後だ」

「……この子は関係ない。俺だけにしろ」

「そうはいかないよ。お前は特別だもん。ただ殺すだけじゃ済まない。大切にしているものを全て奪う。仕事もプライドも愛情も」

「……」

ハルの敵意に戦慄する。ここまで憎まれていたのか。

「それに、その子を生かして返してもどうせ虐待が続くんだ。今死ぬのとどっちがマシだと思う？」

「この子は虐待なんかされていない」

「時間の問題さ。あの母親も俺と同じ。お前、言ってたじゃないか、虐待は連鎖する」

かすみの耳を塞いだ。

「やめろ。全ての虐待が連鎖するわけじゃない。お前だって、あの母親が苦しんでいるのを見ていただろう」

「……そこまで守ろうとするとはな。妹への罪滅ぼしのつもりか。やっぱりこの子を連れてきて正解だった」

「ハル……こんなことする必要はないんだよ」

「……命乞いか」

「今の俺から奪えるものなんてない。お前は俺を友達と思っていなかったかもしれないが、俺にとって八雲での日々は掛け替えのない時間だった。俺は今でもあの秘密基地から出られていない。とっくに抜け殻なんだよ」

「テン……」ハルは悲しげにつぶやいた。「俺だって学校や秘密基地は楽しかったんだ。でも、お前がそんなこと言ったら……俺の十六年が無駄になるじゃないか！」

口元は微笑んでいるが、目は冷酷。ちぐはぐなパッチワークのような顔でハルが突進してくる。

死を覚悟する。また判断を誤った。かすみを助けられなかった。

と、視界が人影でふさがれた。繭が両手を広げ、ハルの前に立ちはだかっていた。ハルを睨む目には涙が浮かんでいる。幼い頃、怒った時に見せていた表情だった。

最後までお前に頼りっぱなしだったな――。心にわずかな火が灯《とも》る。

しかし、ハルは簡単に繭をすり抜けた。繭が泣きながら俺に振り返る。

「ごめん……俺のせいだ……ごめん」

かすみを強く抱きしめた。意識を奪う一撃を黙って待つ。その瞬間は永遠のように長く感じられた。死を間際にした感覚か……いや、おかしい。長過ぎる。

「お前……邪魔するな！」

怯えた声――。

顔を上げると、目前でハルが青ざめていた。

「いい加減に消えろ、マユ！　お前、テンのところに行ったんじゃないのか！」

ハルは狼狽し、怒鳴り続けている。

……まさかハルにも繭が見えているのか？

俺から見える繭はハルの背後で困惑している。ハルは俺のすぐ手前を見下ろしていた。直感する。ハルが見ているのは小学生の繭――。

「消えろ！」

ハルはスパナを虚空で振り回した。重たい風切り音がするだけで、何度も空を切る。

「お前……殺した人間の幻覚を見ているのか」

「……すぐに消える！」

「そういうことか……お前がコスモスを置いた理由がやっとわかった」

「……こいつ、しつこいんだよ！　死んだはずなのにずっと喋りやがって……」

「だから、ビビって花を供えた。なるほどな。お前、小心者だもんな」

「うるせえ！」

自分が殺した死体に話しかけられた。そう証言する殺人犯は少なくない。もともと幻覚に悩まされていたケースもあるが、殺人を機に幻覚を見るようになった者もいる。

繭がくれた最後の希望――。これでハルを詰める。

「で、清水を吊った時も同じことが起きた。繭が出てきたか？　それとも清水の死体が喋ったか？　まあ、どっちみちまたビビったんだろ」

「うるせえ！　ずっと消えてたのに……お前が来たからだ！　お前からも消えるよう言え！」

俺を破滅させるため犯した三件の殺人。その最初の犯行――清水の死体を吊っている時、再び幻覚が表れた。ハルは狼狽し、そばに咲いていたリンドウを千切り、供えた。あの花は俺ではなく、繭に向けたものだったのだ。二件目の岩田殺し以降は落ち着いていたようだが、ここに来て精神が不安定になったか。

「お前が消えれば、こいつも消える！」

ハルはスパナを振り続けている。

と、手を滑らせ、スパナが壁に飛んだ。跳ね返り、俺の足元に転がる。

咄嗟にそれを拾い、よろめきながら立ち上がった。

「……テン、やめておけ」ハルは息を荒げている。「無駄な抵抗はするな。ろくに動けないだろ」

「そうだな。でもよ」

スパナを振り上げる。ハルは腕で頭部を守った。体勢を入れ替え、一気に振り下ろす。

激しい金属音。スパナを当てたのは火葬炉だった。もう一度、火葬炉の側面に叩きつける。

「これで死体を消すのは無理だな」

言いながら床に倒れた。

火葬炉の電源ケーブルを切断し、バーナー用の燃料バルブも潰してやった。

「死体と一緒に警察を出迎えるか」ハルに笑いかける。

「……ホント、お前って性格悪いよな」ハルも笑った。「でも、なんだかすっきりしたわ」

そしてハルは床に落ちていた漫画ノートを拾い上げ、ぺらぺらとページをめくった。

「テン、これしばらく貸してくれよ」

軽口を返そうとしたが、その前にハルが動いた。

慌てて、かすみをかばう。

しかし、ハルが向かったのはこちらと逆方向だった。垂れ下がったロープに駆け寄り、首に掛けた。

「ハル！」

「あ、あとマユに言っといてくれ」

「……何をだ？」

ハルの次の言葉は聞きとれなかった。

ハルは慣れた手つきでポケットからリモコンを出し、ボタンを押した。短いモーター音と共に一瞬でフックが引き上げられる。

断続的なうめき声の後、ぶら下がったハルの手からリモコンが落ち、続いて漫画ノートが落ちた。

頭が真っ白になる。

何が起きた――。

ハルの骸《むくろ》が小さく揺れている。

事態は明白なはずなのに、全く飲み込めない。脳が固まったようだ。

ごめん。

ハルの唇は最後にそう動いたように見えた。

「せんせい、こわい……」

かすみが震えていた。

「……そうだな。早く出よう。上に知らせないと」

床に落ちていた鍵を拾い、入口の扉に差す。しかし、鍵は回らない。扉の横にタッチパネルがあった。暗証番号を押さないと内側からも開けられないようだ。

どうする——思い当たる番号を試すか。

適当に番号を入力したが、どれもダメだった。まずい、開けられる気がしない。

「あれ……チッチモー、だいじょうぶ？」

かすみが扉を見つめている。

「どうした？」

「チッチモーがドアをたたいてる」

「いいね」

繭がニヤリと笑った。

「おいおい……嘘だろ」

「ほら、お兄ちゃんも手伝って！」

繭に背中を押された。

「こういうの、柄じゃないんだけどな」

「つべこべ言わない！」

「わかったよ」

金属の扉をスパナで思いっきり叩いた。

「ここだ！　ここにいる！」

「ここー！」

繰り返し、ドアを叩きながら、かすみと一緒に助けを呼んだ。切迫した状況のはずなのに、なぜか落ち着いていた。この子が大声を出すのを初めて見る。そういえば、俺もこんなに叫ぶのは小学校以来かもしれない。

痛みのあまり薄れゆく意識の中、三人と騒ぎ続けた。

4

こんどうペット葬儀社の前にまた一台パトカーがやって来た。

何台集まるんだろうと、車のボンネットに腰かけながら、ぼんやり考えていた。

「近堂秀一は二十歳の時、近堂家に養子縁組したようです。その前の姓は梅本《うめもと》。同じく養子縁組。春田から二回戸籍を変えていました」

美姫が隣に腰かけた。

「それと……十六年前の事件についてこちらでも調べました。亡くなったのは友人と聞いていましたが……」

「妹です。嘘をついたわけでは……」

「心中お察しします」

社屋に鑑識班が出入りしている。彼らの仕事が終わるまで美姫は待機しないといけない。

「近堂は岩田と清水の偽装が見抜かれた時点で自殺も想定していたのかもしれませんね」

「さあ、それは……あいつの足元に下手な漫画が落ちていたでしょう」

「ええ。鑑識が保存しています」

「最後に僕が滅茶苦茶にしてしまったんですが、それまでは未来の僕らが地球代表として活躍する話だったんです。漫画で描いたような大人にはなれなかった。あいつも僕も」

「真壁先生……」美姫は言いかけ、咳払《せきばら》いをした。「先生とかすみちゃんが助かったのは偶然です。二人とも死んでいたかもしれない。もし、かすみちゃんが生きていなかったら先生は無駄死にでしたよ」

「生きているほうに賭けるしかないでしょう。賭け金が僕の命なら安いもんだ」

「……」

美姫の目はいつもより少し穏やかだった。

「先生には大変苦労させられました。これから仕事で返してください」

「どっちみち、僕はあと二年しかいられませんよ」

「それは私の知るところではありませんが……宇佐美教授は少なくともあと十は論文を書かせると言っていましたよ。准教授になるにはそのぐらい必要だと」

「あのオヤジ……」

「もうすぐ救急車が来ます。それまで車の中でお待ちください」

「いえ、もう少しここに居たいので」

目の前には函館山をバックに市街の景色が広がっていた。夜であれば、裏夜景と呼ばれる絶景だ。

「そうですか。私は戻ります。誘拐を手伝った連中もじきに判明するでしょう」

「お手数かけます」

「本当に」

美姫は社屋に入って行った。

横に目をやると、かすみが刑事に借りた携帯電話で母親と話している。

「良かった。かすみちゃん、元気そう」

ボンネットの隣に繭が座っていた。

「睡眠薬も飲まされていないし、体調は問題なさそうだ」

「ハル君、かすみちゃんには情が沸いてたのかな」

「わからん。俺はあいつのことを何一つ理解していなかった」

「で、これからどうするの？　法医学者は続けるの？」

「他にすることもないしな。でも、論文のテーマは変わるかも」

「虐待鑑定とか？」

「……わざわざ聞くな。俺の頭ん中はお見通しなんだろ」

「それだけ嫌味言えれば、大丈夫だね」

藺はボンネットから飛び降りた。

「……行くのか？」

「まだ私が必要？」

「お兄ちゃんを舐めるんじゃありません」

藺は笑って、歩き出した。その背中を黙って見送る。別れの言葉も感謝の言葉も出てこない。口にすれば本当に終わってしまう気がした。

「藺……」

喉から絞り出した。これが精一杯。最後まで情けない兄だ。

藺が足を止め、振り返った。視界がぼやける。瞬きすると、そこには小学生の藺が立っていた。

「お兄ちゃんのバーカ」

再び視界がぼやけ、藺の姿は消えた。

「……いなくなる時は一瞬だな」

虚空に向かってつぶやく。

「せんせい」

いつの間にか寄って来ていたかすみがズボンを引っ張った。

「マユちゃんいるの？」

「もう行っちゃったよ。よろしくだって」

「おかあさんが、せんせいとおはなししたいって」

「そうか」

かすみが持っている携帯電話に手を伸ばした。

「どうしたの、せんせい？」

かすみが困ったような顔をした。

声が出ない。

「せんせい……なんでないてるの？」

「……泣いてなんかいないよ」

「でも、せんせい、おめめが……」

伸ばした手をかすみの頭に乗せる。

「せんせい、ぐあいわるいの？」

「……」

「だいじょうぶ？　なみだがいっぱいだよ？　おくすりもらう？　なかないで……せんせい」

刊行にあたり、第十九回『このミステリーがすごい!』大賞最終選考作品「虐待鑑定　～秘密基地の亡霊～」を改題し、加筆修正しました。

この物語はフィクションです。作中に同一の名称があった場合でも、実在する人物・団体等とは一切関係ありません。

〈解説〉法医学ミステリーにして函館ミステリーの新たなエンターテインメント

北原尚彦（作家・翻訳家）

「法医学」は、法律上の事実関係を研究したり鑑定したりする学問で、犯罪事件の解明に用いられる。遺体の解剖による死因・死亡時刻の判定や、血液・指紋の鑑定などを行なう。そのため推理小説やミステリードラマのテーマとなることが多い。

世界各国の有名なミステリードラマでは、我が国の『科捜研の女』『法医学教室の事件ファイル』『アンナチュラル』、フランスの『バルタザール 法医学者捜査ファイル』、韓国の『神のクイズ』『サイン』、アメリカの『ＢＯＮＥＳ』『エイリアニスト』などなど、枚挙にいとまがない。

本書、高野結史『臨床法医学者・真壁天 秘密基地の首吊り死体』は、そんな法医学ミステリーの新たな一作である。

函館医大の法医学教室の助教、真壁天《まかべてん》。彼は学生を指導するだけでなく、法医学者として死体の司法解剖をしていた。さらに論文を書かねばならず忙しい日々を送っていたが、「臨床法医」の仕事を引き受けるようにと教授から頼まれてしまう。その内容はというと、児童を診断して虐待の有無を判定することだった。真壁天は以前、虐待鑑定を行なってトラブルに巻き込まれたことがあったため、及び腰だった。しかし結局は、押し切られる形で引き受けることになる。

一方で、真壁天の「過去」が少しずつ明かされていく。彼は小学生時代、トラウマになるような酷《ひど》い経験をしていた。当時、彼の住んでいる界隈では「首吊り婆《ばばあ》」の噂《うわさ》がひろまっていた。そんな中、彼は妹の繭《まゆ》や親友のハルとともに学校へ通い、三人で作った秘密基地に寄り道していた。だがそこで、事件に遭遇してしまったのだ。

そして現在。真壁天はその優れた観察眼により、隠れた虐待の有無を見抜いていた。ところが、彼が以前鑑定した虐待事件の関係者が、死体となって発見される。それが「首吊り死体」だったことに彼は衝撃を受けた。過去の事件と現在の事件に、果たしてつながりはあるのか。警察、職場、家族、児童相談所との関係も絡まりあいつつ、彼は真相を追い求める……。

本作は、第十九回「このミステリーがすごい！」大賞で最終選考に残った、選ばれし作品である（応募時のペンネーム及びタイトルは高野ゆう『虐待鑑定　～秘密基地の亡霊～』）。この第十九回は優れた候補作が多く、選考段階で「ハイレベルな激戦」「粒ぞろい」「目を引く作品が多い」などと評された。大賞を受賞したのは、刊行直後からベストセラーになっている新川帆立『元彼の遺言状』。そして本作は惜しくも受賞こそ逃したが、このほど「隠し玉」

として刊行されることになった。

「このミス」大賞の「隠し玉」とは、受賞作以外でもこれは面白い、これはいける、と編集部が見込んで出版される作品のこと。公募のミステリー小説賞の中でも、この「隠し玉」があるのが「このミス」大賞の大きな特徴のひとつだ。わたくし北原尚彦もこの大賞の一次選考委員を務めているが、自分の選んだ作品が大賞を逃すと我がことのように切歯扼腕《せっしやくわん》し、「惜しいな……あれはこの賞向けなんだが……」とその度に思っている。本作も一次選考でわたしが選んだ作品なので、この復活の道へ進めたことは実に喜ばしい。

二次選考では、選考委員のひとり村上貴史《むらかみたかし》氏が「（略）連続殺人と思われる事件の被害者の共通点には新鮮味があり、しかもそれが主人公の設定としっかり呼応していて、愉しく読めた。事件を起こすテンポや、過去を振り返るタイミングもよく、良質のエンターテインメント小説である」と評している。

一方で、応募作には瑕疵《かし》かもしれない側面があった。わたしや二次選考の千街晶之《せんがいあきゆき》氏から、ややアンフェアなのではないか、と指摘がなされてもいた。しかしご安心頂きたい。本書刊行にあたっては、その「アンフェアかもしれない」という部分を取り去るべく、全面的な改稿作業が行なわれたのだ。文章もブラッシュアップされ、応募原稿の時点で充分に読みやすかったが、それがよりさくさくと読めるように改善されている（このように選考委員や編集部の指摘を参考に作品の向上が図られるのも、「隠し玉」のいいところ）。

そのような経緯を経て刊行されることとなった本作。真壁天を取り巻く人物たち――函館医大の宇佐美《うさみ》教授に助教の横居、函館中央署の刑事・小野田美姫《おのだみき》、児童相談所の近堂《こんどう》、虐待されている疑いのある少女・かすみ、真壁天の妹・繭、親友・ハル――が魅力的なのも、読みどころのひとつだ。

そして医学ミステリーは、ある意味「このミス」大賞のお家芸でもある。最も有名なのが海堂尊《かいどうたける》『チーム・バチスタの栄光』であることは衆目の一致するところだろうし、岩木一麻《いわきかずま》『がん消滅の罠 完全寛解の謎』もある。

二〇二一年現在、新型コロナのパンデミックという状況下でもあり、世間一般からの医療というものへの関心は強くなっていることだろう。本作は疫病ものでこそないが、読者には興味深く読み進めていただけるに違いない。

また、この作品は医学ミステリーであると同時に、函館を舞台にした「ご当地ミステリー」でもある。函館は北海道南部の都市。札幌市・旭川市に次いで、北海道で三番目に人口の多い主要都市だ。観光地としても知られ、五稜郭《ごりょうかく》や赤レンガ倉庫や湯《ゆ》の川《かわ》温泉などが有名だ。しかし本作はいわゆる「トラベルミステリー」ではないので、そのような観光地巡りは出てこないのであしからず。

地理的なことで言うと、本作で真壁天が働いている「函館医大」は、実在のものではない。作中では「元町の坂を上がったところにある」と設定されている。函館山は観光地として有名だが、その麓《ふもと》にある元町も観光スポットとして知られる。坂を下りた平地には路面電車が走っており、観光客だけでなく地元民の足ともなっている。本作中で、真壁天も利用しているシーンがあるので、探してみていただきたい。そして真壁天が少年時代を過ごした八雲《やくも》町は二海《ふたみ》郡に属し、函館の北側に位置する。

　ミステリー作家による函館を背景とした作品というと、ぱっと思いつくのは高城高《こうじょうこう》『函館水上警察』シリーズ。また近年では（私家版ながらも）篠田真由美《しのだまゆみ》『はこだて櫻珈琲《コーヒー》舎』がある。これらの作品も本作も、函館の地図を参照しつつ読み進めると、楽しみがより一層深まるだろう。

　作者についても触れておこう。

　本書が小説デビュー作となるため、色々とインタビューをさせて頂いた（なかなか直接会いにくい状況でもあり、編集部経由で）。

　一九七九年、北海道函館市生まれ。――そう、本作が函館を舞台に設定されているのは、地の利があるからだったのである（これは戦略としては当然のことだ）。

　職業はテレビ（ドキュメンタリー、バラエティ、情報番組ほか）やイベント（某マンガ雑誌系フェスのメインステージほか）の企画構成をしているとのこと。

　しかし小説を書くのは本作が初めてで、小説賞に応募したのも今回が初。小説講座にも通ったことはないという。

　これには、ちょっとびっくりさせられた。かなり読みやすく書かれているために、それなりに小説執筆経験があるものとばかり思っていたからだ（厳密には「シナリオ講座」には通ったことがあるそうだが)。

そもそもの読書経験にしても、推理小説に関してはマニアックに読んできたわけではなく、小学校の頃にシャーロック・ホームズやアルセーヌ・ルパン、江戸川乱歩《えどがわらんぽ》の少年探偵団を読んでいたぐらいなのだそうだ。とはいえ、大人になってから熱中した小説としては、恩田陸《おんだりく》『夜のピクニック』があるという。

それでは何故、小説を書こうと思ったのか。十五年ほど前、薬丸岳《やくまるがく》氏が江戸川乱歩賞を受賞した直後(とすると『天使のナイフ』での第五十一回乱歩賞受賞なので二〇〇五年)、薬丸氏とたまたま「朝まで一緒に飲む機会」があり、それが小説やミステリーの新人賞というものを意識するきっかけとなったのだという。その後すぐにアクションを起こしたわけではないけれども、常に頭の片隅に小説への思いがあったとのこと。

また映画ならば、エドガー・ライト監督のコメディ作品やルチオ・フルチ監督のホラーのほか、『羊たちの沈黙』(ジョナサン・デミ監督)、『ソウ』(ジェームズ・ワン監督)、『バタフライ・エフェクト』(エリック・ブレス&J・マッキー・グラバー監督)、『インファナル・アフェア』(アンドリュー・ラウ&アラン・マック監督)などが好みだとか。

今後は「ジャンルミックス」しつつもミステリーの軸を持った作品を書いていきたい——と意気込みを語っている。初めての小説でこれだけのレベルに達しているのだから、次回作以降どうなるか実に楽しみだ。

函館出身の作家というと久生十蘭《ひさおじゅうらん》や水谷準《みずたにじゅん》、松本恵子《まつもとけいこ》、高城高などがいる。そこに「作家・

高野結史」も仲間入りするわけで、これからも益々の活躍に期待したい。

二〇二一年三月

宝島社
文庫

臨床法医学者・真壁天
秘密基地の首吊り死体

（りんしょうほういがくしゃ・まかべてん　ひみつきちのくびつりしたい）

2021年4月21日　第1刷発行
2024年2月19日　第2刷発行

著　者　高野結史
発行人　関川 誠
発行所　株式会社 宝島社
〒102-8388　東京都千代田区一番町25番地
電話：営業 03(3234)4621／編集 03(3239)0599
https://tkj.jp
印刷・製本　中央精版印刷株式会社

Printed in Japan
ISBN 978-4-299-01547-1